松平忠輝

幕府に反抗しつづけた「家康の息子」

中島道子

PHP文庫

○本表紙図柄＝ロゼッタ・ストーン（大英博物館蔵）
○本表紙デザイン＋紋章＝上田晃郷

松平忠輝❖目次

挿画——中嶋伸子

松平忠輝

第一章❖家　康

㈠

暫くつづいた晴天が昨夜来から風を呼び、今朝《けさ》は唸り声といっしょに霙《みぞれ》になった。

戸を鎖《さ》した江戸城西の丸の表書院は、朝だというのに夜のように薄暗く、燭《しょく》の火《ほ》先《さき》が隙間風に糸を引くように横に走る。

それに折々、稲妻さえ青白く視野を刺してくる。

「若、いや忠輝様、上様が何を言われようと、決して、決して、あのようなことをお訊きになってはなりませぬぞ。この爺《じい》が腹を切らねばなりませぬ。よくよくご堪忍なされて下され」

冷え切った寒い表御座の間で、身を凍らせるようにして家康の出座を待つ間、懇願しているのは傅役《もりやく》の山尾信久である。

慶長七年（一六〇二）春、十一歳になった辰千代は、元服して松平上総介忠輝《かずさのすけただてる》と名乗り、武蔵深谷から下総《しもうさ》佐倉四万石に転封加増された。

それまで佐倉一万石は、忠輝の直ぐの兄信吉《のぶよし》の所領だったが、常陸《ひたち》水戸に転じたため、後釜に据えられたというわけだ。

したがって今日の江戸城伺候は、その御礼言上である。

天正十八年（一五九〇）関東国替えで江戸に入った家康は、かつて太田道灌《どうかん》の築いた江戸城を本拠にした。とはいっても、築城から百三十年余を経た城は、風雪にまかせた荒れ城であった。

そこで翌年から建設に着手し、一年がかりで西の丸を築造した。それから十年がたっている。

その表御座の間で、初めて実父家康との対面が叶うようになった。

訳あって下野《しもつけ》国栃木城で育った忠輝のめでたい日だというのに、強風に霙まじり、稲光りと遠雷さえ聞こえる生憎《あいにく》の日となってしまった。

そこで先から忠輝の背後で、信久が何度もくり返しているあのようなこととは一体何か――それを明かさなければならない。

今から十一年前の文禄元年（一五九二）正月四日、辰千代は江戸城で生まれた。その年が辰年だったため、辰千代と名付けられた。

生母は美貌の誉《ほまれ》高い茶阿局《ちゃあのつぼね》だが、どうしたものか、生まれながらに異相の子であった。

そのことを、新井白石の『藩翰譜』は、「色きわめて黒く、眥《まなじり》さかさに裂け、恐ろしげなれば、徳川殿、憎ませ給いて、捨てよと仰せあり……」と記している。

新生児というものは、必ずしも可愛いものではないが、恐ろしげとか、「憎ませ給いて、捨てよ」ということとなると尋常ではない。たとえ面相がどうあれ、捨てよと言った家康の非情こそ問題である。生母茶阿局の悲嘆は想像に余りある。

そこで家康の腹心本多正信は、捨てられた辰千代の扶育をと、いろいろ奔走して探し廻り、どうやら下野国《しもつけのくに》栃木《とちぎ》城主皆川山城守広照《やましろのかみひろてる》に押しつけることができた。

皆川氏は下総《しもうさ》の結城《ゆうき》氏と同根で、祖は藤原秀郷《ひでさと》といわれている。代々浮沈をつづけながら、下野国都賀郡皆川庄に居館を定め、隣郷の城を攻めて、栃木に基盤を造った。

広照にはこんな過去がある。天正十八年（一五九〇）秀吉の小田原攻めで、北条方に与《くみ》したため、秀吉方に攻撃されて落城まで追い詰められた。広照はこのとき家康を通じて降伏し、辛うじて皆川三万石を安堵された。

その弱味に付け込んだ正信の懐柔であり脅しであった。

「徳川公のお子じゃ。おぬしにとって将来のためになることもあろう」

そう言われては断るわけにもいかず、まして利に敏《さと》い広照である。

「よろしゅうござる」

と貰《もら》い受けたが、赤児の顔を見て驚いた。

褐色の顔に異様に黒くでかい目玉、それに分厚い唇を割って泣く声の威嚇するような響きに、広照も正直いって虫酸《むしず》が走った。

「母御《ご》の顔が見たいの」

女にはだらしがないという家康である。

「それが側室中一番の美形じゃ」

「ほう……」

広照は薄い頬髭を撫でながら首を傾げた。

「それでは徳川公か側室殿いずれかの悪い因果を受けて生まれたのじゃのう。気の毒に……」

「ま、そ、そういうことじゃ」

本当のところ正信もそう思っている。

要するに愛らしい子ではないのだ。しかし、家康の質子を取ったようなものと思えばいいのだ。

こうして辰千代は本多正信の手から、皆川広照の栃木城に移された。以来三年が経っている。

そこで傅役《もりやく》がきまった。山尾信久、三十歳半ばである。主君広照から、「会うてみるとそちも驚くじゃろうが、皆川にとっては大事な養子じゃ。後々のために、確と傅役をつとめよ」

と言われ、乳母小夜の手に引かれてきた辰千代を見て驚いた。

このとき既に辰千代には「獅子神楽《ししかぐら》」という綽名《あだな》がついていた。

特大の丸い眼球が目蓋《まぶた》を盛りあげ、左右の顳顬《こめかみ》に向けて眼尻が異状に切れあがっている。

顔の真ん中に座る鼻の小鼻は、これまた左右張るようにふくれ、唇といったら上下めくれたように部厚い。

いかにも「獅子神楽」とはよく言い当てた綽名で、一目見ただけで忘れ難い異相なのだ。

この分では人の愛に恵まれ難《にく》かろう。信久は、実父と養父にかわり、辰千代の父ともならねばという思いにかられた。

「山尾信久と申しまする。今日から辰千代君の傅役をつとめさせていただきまする」

以来辰千代から「爺《じい》」と呼ばれるようになった。年の割りに頭の毛が薄く、嗄《か》れた声が辰千代には爺ととれたのであろう。それに爺には甘えの響きがある。

信久は初めその「爺」に抵抗があったが、それでもいつのまにか親愛を覚え、自らを「爺」と言うようになっていた。

しかし困ったことに五、六歳になっても遊び友達ができない。家臣の子らがその顔を恐れるのと、辰千代の粗暴が子らを寄せつけない。

そうなると城の外に出て、村の野性児と遊ぶしかない。

生来が野性的なのか、悪童どもに従うどころか、彼等を率いて山中を彷徨《ほうこう》したり、渓谷渡りをやってのける一端《いっぱし》の悪餓鬼になった。

はじめのうちは、信久も辰千代の後に尾《つ》いて行ったが、脚の早さと身軽さに尾いてゆけず、村のはずれで終日気を揉《も》みながら辰千代の帰りを待った。手に負えない少年である。

養父の皆川広照は忘れたように辰千代を放っておいたが、いつのまにかわが子よりも文字や武技の覚えの早いのに舌を巻いた。それに、山窩《さんか》まがいの行動を頼もしく思うようになり、わが子よりも期待をかけるようになった。

その辰千代が八歳になったとき、思わぬ運が転がりこんできた。十八松平の一家、長沢松平の嗣子《しし》松千代が早世したため、いきなり辰千代に長沢松平家後継ぎのお鉢が廻ってきたのだ。

そこで辰千代は、己が出自をいやおうなしに知ることとなった。

「なに？　松千代がわしの弟じゃったと？」

初めて聞く話である。もっとも辰千代の上には五人の兄があり、二十歳で自刃した長兄信康のほかは、みなそれぞれ二桁万石の領主である。

にもかかわらず、辰千代だけが疎《うと》まれ、北関東のたかだか三万石の栃木城主の養子に送りこまれた。

それのみか、同腹の弟が徳川係累の一家、長沢松平の養子となっていたのだ。

「爺、これはどういうことじゃ」

しかし、八歳の辰千代に事の真相など明かせるものではない。

「訳あって、若君をこちらでご養育申し上げることになったのでございます」

「どんな訳じゃ」

「それは若が元服なされましたらお話しできますが、今はまだ……」

「どうしてもか」

「はい、大人にならなければわかっていただけないことでございます」

そんな答えでは釈然としないが、信久が語ってくれないとなれば仕方がない。

ともあれ自分には弟がいた。そんな弟がいたことも知らされなかったことが不思議であり、淋しい。


それからひと月ほどが経って、いよいよ長沢松平の深谷（一万石）へ移るという日、皆川広照に呼ばれた。

このときなぜか信久は随伴を斥《しりぞ》けられた。

鰓《えら》の張ったというか、下顎の角張った顔に、貪婪《どんらん》な目をぎらつかせている広照は、上座から辰千代を手招きした。

「もそっと近う」

滅多に顔を合わせることのない広照が、いやに懐かしそうな素振りだ。

「ところでそなた、いくつになる」

「八つになります」

「ほう、八つか。それにしては体が大きいのう。もう十も過ぎているような恰好じゃ」

「はい、みんなそう言うてくれます」

辰千代はそれを言われるのが得意だ。次は何を言ってくれるかと子ども心に期待がある。なにしろこうして、親しく二人で向き合って話などしてくれたことのない父だから。

「ところで今日はそなたに確と言い聞かせておくことがあるゆえ、呼んだのじゃ」

「何のことです?」

辰千代は目を大きくしながら皆川広照を見つめた。

「なにしろそなたは深谷へ行くことになったからな」

「はい」

「深谷へ行くようになった訳はわかっているのか」

「はい。わかっております」

子どもながら不敵な面構えの上に、わが子より秀れている辰千代だ。その辰千代に、これを言ったらどんな顔をするか、見ものである。

「辰千代、そなたにとってこのわしが、本当の父御《ててご》でないことはわかっていたな」

「はい」

と返事はしたが、話が妙なことになってきたと思った。辰千代にとって、皆川広照が本当の父であろうがなかろうがそれはどうでもいいことだ。

この城で、父のように面倒をみてくれている山尾信久もいれば、母のように甘えられる乳母もいるのだ。

「そなたはな、実は……」

とそこまで言いかけて広照は一寸口ごもった。それから広照の眼差しが急に和いだ。

さすがの広照も、今から発することばが、八歳の少年《こども》に、どんな衝撃を与えるかとたじろいだのだ。

辰千代はそんな広照の思わくなど察しようもなく、次のことばを待っている。

「徳川様の子じゃった」

「徳川って、あの江戸の？」

「そうじゃ」

だから長沢松平の深谷へ移るということなのだ。そこまでは理解している。

しかし、わからないのは、自分だけがどうして栃木で育ったのかということだ。

それをなぜか信久も乳母も語ってくれなかった。

「養父上《ちち》、それならばどうして辰千代がこっちに？」

誰も明かしてくれなかった身の上の核心に触れるようだ。

「実はな、辰千代。そなたは徳川様の捨て子じゃった。それゆえわしが徳川様に代わって養育したのじゃ」

「捨て子じゃったと」

意外なことを聞くものだ。半信半疑である。

この広照から聞かされると、からかわれているような気さえする。

「いや、本当のことじゃよ」

辰千代の目が険しくなった。

「ま、そなたは生まれ落ちたときから普通の赤児の顔ではなかったわな。よって徳川様は子として認めとうなかったのであろう。直ぐに捨てよと言われてな、乳母の手から本多正信に渡されたのじゃ。

正信も随分と処置に困ったようじゃ。そこであちこちと盥廻《たらい》しのようにされたようじゃが、つまりは下野《しもつけ》まで抱いて廻って、わしの所へ泣き込んできた。そこでわしは哀れと思うて引き取ったわけじゃが、そのときのそなたの顔は、たしかに鬼子じゃったわな。実の父親から捨てられるのも無理はない。ま、辰千代、そんなわけで、わしが徳川様に代わって父御《てて》になったのじゃ」

これがもし、大人だったら深刻に受けとめたかもしれない。

しかし、八歳の辰千代には理解できないところがあった。

それより、そんなことを、大仰に言って聞かせる広照に反発を感ずる。

睨むような目を返してくる辰千代に、

「徳川様が憎かろうなあ」

広照が猫撫で声で言った。

「そんなことを言われる養父上《ちち》も憎いです」

「これはしたり、何ということを言う」

広照は一喝した。

それから辰千代は広照の前を立ったが、やり場のない怒りに無性に腹が立っていた。

広照の言いぐさと、捨て子ということばである。

しかし、この〝捨て子〟ということばが、辰千代の中で一つの浮腫となって残り、長ずるにつれて頑《かたく》な怨念、抵抗となっていったのである。

㈡

それから三年がたっている。

「爺《じい》、わしは徳川家康の捨て子じゃったらしいな」

いきなりそんなことを言われて山尾信久は愕然とした。

「誰がそんなことを……」

信久は平静を装いながらも狼狽《うろた》えた。

「養父上《ちち》じゃ」

「殿が？　まさか殿がそのようなことを」

白髪のちらついてきた信久は、面長の顔を横に振った。

「よいのじゃ、そんなことは三年前に聞かされてたわ」

三年前といえば、深谷へ移るときである。皆川から松平に姓が変わるとき、一本嫌味の釘を刺したのであろうか。いや、恩を着せたのである。いかにも広照の言いそうなことではある。

しかし、まだ当時八歳の子どもだ。そんな子どもに、徳川の捨て子はないではないか。それを今日まで、黙って心中に押し殺してきた辰千代が哀れでありその健気さが愛《いとお》しい。

「よろしいですか辰千代君、捨て子などではありませぬ。本多殿からお頼まれになったのです」

「したがどうして辰千代だけが養子に出された。兄上たちは誰も養子に出された者はおらぬではないか」

「いえ、おられます。秀康様がおられます」

「秀康殿？」

「辰千代君の次兄におわします。と申し上げても、若とは十八歳も違いますが……」

まあ親子のような年齢差である。

「この兄君も小さい時から城を出られ、十歳のとき豊臣秀吉の養子となられました」

それ以上のことは言うまい。いずれ辰千代も成人すれば、全てを知るときがくる。それまでは、余計なことは言わないことだ。

「そうか、そんな兄上がおられたのか。したがどうしてその兄者《じゃ》とわしだけが外へ出された」

「それはその時の事情によります」

十歳の秀康が、小牧・長久手の戦さの後、秀吉から請われて養子として送られたということだが、言いかえればこれは豊臣への人質として送られたということだ。しかし、この時期既に長兄信康は自刃して亡《な》いのだ。だから、次兄の秀康が大坂に送られるということは常識的にはおかしい。

そんなことや、まして長兄が家康によって自刃させられたなどということなど、明かせるものではない。

「したが兄上は豊臣なのに、わしはどうして栃木なのじゃ」

信久としては一番辛いところを衝かれた。

「殿の強いお申し出でございました」

するとびっくりするようなことばが跳《は》ね返った。

「違うぞ、わしは捨てられたのじゃ。捨て子じゃったのじゃ。それで本多が皆川に頼み込んで引き取らせたのじゃ」

このとき信久は、辰千代の目に光るものを見た。どんなことがあっても涙を見せることのない辰千代の、はじめて見せた涙であった。

慶長七年（一六〇二）春、元服した辰千代の名乗りについては、松平・徳川の「康」「忠」「親」が候補に上がり、辰千代自身が「忠輝」とした。「輝」は彼の意思表示である。次に呼称「上総介」は、信長への思い入れであった。この上総介を、彼は終生愛用することになる。

こうして元服した辰千代改め忠輝に、家康は五男信吉の後釜に下総佐倉を与えた。

「上様のお心でございますぞ」

信久は力めて家康の親心を説いた。たとえどんな事情があるにせよ、親は子を捨てるものではないということを綿々として語った。

たしかに皆川広照では、そんなことは出来るはずもない。

家康がそれだけの力をつけたのは、二年前の関ヶ原の戦いである。秀吉死後の東西関係は均衡を失い、戦闘が避け難くなった。その端緒が美濃大垣攻めから始まった関ヶ原である。

そして勝利を手にした家康は、一挙に大名の配置替えを断行した。

そのとき二男秀康を、結城《ゆうき》（秀吉は天正十八年、秀康を下総《しもうさ》の結城氏へ養子として送った）から越前（六十八万石）へと転封加増させた。

それに並ぶように、二年後の忠輝への加増である。それでも忠輝は不満だった。

たしかに十八歳も年長の次兄が越前六十八万石はわかるが、四男忠吉の尾州五十二万石、それに五男信吉の水戸十五万石からみれば、忠輝の佐倉四万石はあまりに微禄だ。

これをみても、父の愛がいかに薄いかがわかるというものだ。

（それにしても……）

と信久は首を傾《かし》げる。あれだけ捨て子だということにこだわりながらも、生母のことを一度も訊こうとしないのだ。

もっとも母代わりの乳母小夜はいるが、母を恋うることはないのだろうか。

いよいよ明日江戸城に伺候して、家康と対面し、佐倉四万石拝領の御礼言上に出るという前日、江戸屋敷で信久が装束の用意を整えていると、

「爺、明日はどのように言ったらよいのじゃ」

と珍しく口上を訊いた。

「それは後ほど紙面でお伝えいたしますから、そのように申し上げてくだされ。それに作法については、今からご指南いたしますからそのように」

すると

「爺」

とまた言いかけた。

「なんぞございますか」

やはり家康との初対面に、さすがの暴れ童子でも心が動揺しているのだろうと思いきや、

「わしは家康公に、どうして辰千代を捨てたのじゃと訊いてみるぞ」

と睨むように挑んでくる。

「若！　それはなりませぬ。それを訊いてはなりませぬぞ。それに家康公ではなく、上様と申し上げてくだされ」

信久は我にもなく、大声を発した。

「どうしてじゃ、捨てられた子が、親に向かってそれくらい訊いてみてもいいではないか」

切れあがった眼が獣のように光り、顔には憤怒さえ見えている。

信久としては、一番恐れていることを口走られたのだ。

「若、それをお訊きになられても、上様はお答えになりませぬぞ」

「どうしてじゃ、答えられぬのであろう」

「そうです。答えられぬものは答えませせぬ。人の世には、口に出せぬことがいくらもあります」

（口に出せぬことか……）

そのときふと、いや初めてといっていい、母という女人のことが頭を掠《かす》めた。

（もしかしたらその理由は、母の方にあるのかもしれぬ）

忠輝にはおよそ鏡など無縁だ。だから、自分がどのような顔をしているかなど思ったこともない。ところが栃木にいた頃、家臣の子らから恐れられ、やむなく村の悪餓鬼と遊んだものだ。其奴らから、

「おめえは城の者らしいが、強《きつ》い顔じゃな」

と何度か言われた。その強い顔が上気して、歯をむきだして暴れようものなら、餓鬼どもの方が逃げ散ってしまった。

（どうもわしは普通の面《つら》ではないようだ）

そういうことを意識し出したのは深谷へ移ってからだ。

（ということは……）

おそらく母がそんな女かもしれぬと気がついた。

そんな醜女《しこめ》に家康は子を産ませた。生まれた息子は案の定ひどい顔の赤子だった。

つまり情《じょう》があって出来た子ではないのだ。おそらくどこかの行きずりに、手をつけてしまったのだろう。

そこでやむなく江戸城の側室部屋に入れられたのだろうが、そんな女の産んだ子なぞ、端《はな》から庶子扱いもされなかった。十一歳の推理である。

「そういうことなら訊きはせぬ」

「約束してくだされ」

「ああ、約束するとも」

「ようこそ分別してくだされました」

信久は手の甲で洟《はなみず》を拭った。

（そんなに爺を苦しめることなのか）

忠輝は複雑な思いであった。苦しめたいのは家康である。子の怨みをぶちまけたいところだのに、それが爺を苦しめることになるようだ。

憮然とした忠輝に、

「母君様にお会いなされませぬか。若がお出でになることは、母君様も知っておられます。ですからきっとお待ちになっておられると存じますが」

信久は努めてやさしく言った。しかし忠輝は首を縦に振らない。母に会うことで、自分の全てが暴《ば》れるような気がするからだ。

（そのような母に会うことはない）

鬼子を生んだような女は、きっと鬼相に違いない。おそらく一生、江戸城の片隅で、飼い殺しになるだろう。

「爺、外へいくぞ」

足はひとりでに日比谷の海辺に向かっていく。

海を知らずに育ったため、江戸の海が、目と心を捉らえて離さない。

（海とはこんなに大きく果てしないものか）

忠輝の感動と関心は、江戸城ではなく、渺々《びょうびょう》たる海であった。

㈢

「上様のご出座にござる」

触れの声に忠輝と信久は平伏した。袴の微かな擦り音を、忠輝は全神経をたてて聴いた。

「待たせたな、家康じゃ。面《おもて》をあげよ」

嗄《しやが》れた声である。

上段との間《あわい》、およそ三間《けん》、さっと首を立てた忠輝は、初めて実父という家康を直視した。

六十一歳だという家康は、既に髪もあるかなきかのごとく白茶け、豊頬《ほうきよう》というより、贅肉が垂れて見える。それに眼窩も異常に丸い。想像以上の老人である。

「初めて参上いたし、拝眉《はいび》の栄を得ます松平上総介忠輝にござります。このたびは忝《かたじけ》なくも、下総佐倉を拝領いたし、有難く恐悦至極にござります」

教えられた通りの口上である。

寒さに着ぶくれした家康は、老人特有の見方で目を細めた。あたりが暗いのだ。

「近こう」

おそらくよく見えないのだろう。

「はっ」

忠輝は両腕を立てて勢いよく膝行《しっこう》した。すると控えの供の者からさっと制止の手が出た。近づき過ぎたというのだ。

家康はまた目を細めた。

「忠輝か」

「はっ」

近づいてみればみるほど、額の横皺や垂れた頬に、老醜を見るだけである。養父皆川広照よりも遥かに老爺である。まだ見ぬ江戸の実父に精悍な面影を描いていただけに、あまりの落差に落胆した。彼はまだ十一歳なのだ。

十一歳とはいえ、身の丈は家康を越えている。素襖《すおう》姿は一人前だ。

家康は家康で、それこそ検《あらた》めるようにまじまじと忠輝を凝視した。それからふいと、

「信康に似ているな」

と呟くように言った。

ハッとしたのは信久である。いみじくも信康に似ているなどと言うことは、忠輝に信康を重ねて懐かしんでくれたのか、それとも、信康のように厄介な存在になるとでもいうような暗示でもあろうか、思わぬことばである。

それでもホッとしたのは、忠輝に信康自刃の真相を明かしてなかったことだ。

「私が長兄に似ているとの仰せは、有難きことにござります」

すると家康はふふっと含み笑いをした。なんの笑みか、信久には解《げ》せぬ笑みである。

「そなた、今幾つになる」

「十一歳にござります」

「十一か――」

家康の十一歳は、駿府での質子《ちし》暮らしであった。しかしそれを口にはしなかった。

「ところでそちは元服したらしいが、その前の幼名は何と言うた」

「ご記憶ござりませぬか」

そのとき信久の異常な咳込みが聞こえた。

咳込みは、それ以上言うなという符丁である。

「うーむ、なにしろ余には子が多いでな、この三月には十男が生まれておる。それに来年もまた一人生まれることになっておるわ、ハハハ」

家康は面白そうに笑った。これが大人同士の話なら笑えるところだが、十一年前に捨てられた子の見参《けんざん》となると、素直ではない。

「その十男は、なんと言われまする」

「長福丸じゃ。ま、孫のような子じゃ」

孫のようと言えば、忠輝も孫のようなものである。

「上様には私奴が何番目だったかお覚えござりまするか」

忠輝の目が焼くように家康を正視して離さない。

「うーむ、今も言うたように、十人も息子がいれば、誰が何番目などと、そんなことは覚えない」

「私奴は六男にござりましたそうな」

「そうか、六男じゃったか。十一年前というと……思い出したぞ。そちが生まれてから間もなく、余は朝鮮出兵のため、江戸を出た年であったわ」

「それでは思い出していただけましたか」

またしても後ろで信久の咳込みがした。

「いや、思い出せぬのう。何と言うたかな」

「辰千代にござりまする」

「ほう、辰千代とな。なるほど、そういえば朝鮮出兵は辰年じゃった。なるほど、

伸

それで辰千代じゃったか」

幼名も忘れられているのだから、どこへ（養子）やったかそれも頭の中にないのだろう。

要は本当に打ち忘れられた捨て子だったということを、はっきりと確認させられた対面である。

「ところで忠輝」

そのとき稲妻が表御座の間を裂くように青白く光った。と、百の割れ鐘を同時に打つかのごとき雷鳴が轟いた。

「ひどい日になったものよのう。寒いうえに雷まで鳴りおる。そちは雷は怖《こお》うはないか」

家康は肩をすぼめ、火鉢を引き寄せた。

「雷など怖うはありませぬ。栃木の雷はもっと大きく、寒さも厳しゅうございます」

「栃木となと、そちは栃木にいたのか」

（やっぱりそうだった……）

実父という家康は、辰千代などどこへやったか、それすらも知らなかったのだ。

憮然とした忠輝に、

「この稲妻と雷が鳴るとな、余は桶狭間の戦さを思い出すのじゃ。あの日はもっとひどい豪雨じゃった。したがその戦さで余は運命を拓いたのじゃから」

とのり出すようにした。

「存じております」

「おう、知っていたか、余の十九の年であったぞ」

六男忠輝が現われた日に、奇しくも雷鳴轟く桶狭間の戦さ（織田信長が今川義元の上洛を阻止して戦った）の先陣として若き日の家康が大高城に食糧を搬入した日が想起された。

（この面構《つらがま》えからして、此奴はやっぱり信康か秀康に次ぐ伜かもしれぬ）

家康の率直な感懐である。

（ところで此奴に聴かねばならぬのは、上総介《かずさのすけ》の呼称じゃ）

今、奇しくも桶狭間を思い出した。上総介は信長の若き日の呼称である。一体誰が忠輝に上総介と呼ばせたのであろう。

「忠輝」

「はっ」

「上総介とは誰が名付けた」

「私にございます」

「ほう、なにゆえ上総介じゃ」

そのときまたまた信久が咳込んだ。ということは、気をつけて答えよということだ。

「気に入った呼び名にございますれば」

ほっとしたのは家康と信久である。

「それならいずれ変えたがよかろう」

「なにゆえにございます」

「そなたの養父《ちち》に訊いてみるのじゃな」

「父上とは上様と思って本日参上いたしましたが……」

そのときまたまた閃光が二人を切り裂いた。そして今度の雷鳴はかなり長くつづいた。

と、家康がすくと立ち上がった。

(そこまでじゃ、忠輝)

と言わんばかりの一瞥を投げると、足早に上段から消えていった。

忠輝は穴があいたような気がした。脇息と火鉢のみの上座は無人である。

（家康公はなぜ消えた？）

いや、忠輝の前から逃げたような気がした。

やっぱり家康公は、わしを子どもだとは思っていない。だから「父」と言われたことさえも避けたではないか。

無人の上段を前に、動こうとしない忠輝の後ろ姿に胸を湿めらせているのは信久である。

「若、忠輝様、引きあげましょう。対面は終わりましたぞ」

「ああ」

忠輝は一礼するとすくっと立ち上がった。その顔は思いのほか晴れやかだ。

対面の幕切れの味気なさが信久の心を翳《かげ》らせている。

（もそっと父らしいことばを期待したのに）

信久は今日を、忠輝初の晴れ舞台と思っていた。ところが寒さも寒し、おまけに稲光りと雷鳴轟く日になってしまった。

（晴れ舞台どころか、最悪の日になってしもうたわ）

廊下をいく忠輝の後ろ姿に、不吉の匂いを嗅いで、あわてて打ち消した。

（そんなはずはない）

　大玄関までくると、

「爺、わしは今から行くところがある」

　と言い出した。

「どちらですか、それよりそのお召物では濡れまする。一旦屋敷におもどりになってからでは」

「なに、衣装などどうすればよいのじゃ」

　と忠輝は長い大袖をくるくると腕に巻き、長袴をはらりと脱ぎ捨てた。そして烏帽子をとると、信久に渡した。

「そんなお姿で一体どちらに」

「海じゃ、海辺へ行くのじゃ」

　忠輝は寒気の中を江戸城を振り切るように大股に歩き出した。

（わしも上様も、この若を御《ぎょ》し切れないかも……）

　そんな予感が信久の脳裏を掠《かす》めた。

第二章❖川中島

㈠

隅田河岸の一角が人だかりしている。まだ桜も二分咲きだというのに、河岸はだんだん人の数がふくれてきた。

話し声によると、この早春の川を向う岸へ泳ぎ出した若者がいるというのだ。もっともそんな若者の一人や二人、珍しいことではないが、人々をびっくりさせているのは、川岸に脱ぎ捨てられた着物に、葵の紋が付いているからだ。

「まさか？」

「うむ……」

なにしろこの年、つまり慶長八年（一六〇三）の二月、家康は右大臣に任ぜられ、征夷大将軍になったのだから江戸市中はびっくりした。

将軍といえば源頼朝の鎌倉に始まり、更に足利義昭の京、室町幕府滅亡から三十年目である。

秀吉没後五年、関ヶ原の戦さからまだ三年しかたっていないのだ。いまだ西に豊臣在りとはいえ、関ヶ原後の勢力地図は、徳川の天下に塗り変わってしまった。

ともかく、もはや一大名ではない徳川の葵印の着物である。

「したが葵の若と言っても、一体どの若じゃ」

消息通は秀忠・忠吉・信吉の名は知っている。しかし、こんな早春の隅田川へ飛び込むような御曹司の名は知らない。

この時季、秀忠二十四歳、忠吉二十三歳、そして信吉二十歳のほかに、どんな御曹司がいるのだろう。

岸ではあれこれ葵の若をめぐって饒舌《じょうぜつ》がつづいていたが、それどころではなくなった。川の真ん中までいった頭が、急に河下《かわしも》の方に流れ出したのだ。

「おい、流されてるぞ――」

「これはいかん、見物どころではないぞ」

やいやいと人だかりはそれを案じ出すと、ちゃんと向こう岸から一艘の舟が出てきた。

「ああ、こりゃよかった。よかった」

　ほっとしながら眺めていると、舟に引きあげられたのは赤褌《あかふんどし》の少年である。

　そして舟が無事こちらの岸に着くと、少年は身軽く岸に上ってきた。身の丈五尺を越え、赤黒い体に赤の褌が目にしみる。それがしたたる水に体を光らせながら、武者震うように顔を拭った。

　その顔を見ると、異様な大目玉と口の大きさに人々はまたびっくりした。

（凄え顔じゃわ）

　すると、人を分けて一人の武家がおどり出た。

「若、こんな時季になんということをなされます。それにお危うござりました」

と褌の若者の体を拭いにかかった。信久である。信久は早速件《くだん》の着物を着せかけた。その間忠輝は無言で赤褌をはずし、着物を着ると、そのまま人だかりを分けて歩き出した。

　その素早いこと、それに悪びれもせず、悠然と引きあげていく。その得体の知れない小気味よさに、人々は呆気にとられるどころか見惚れてしまった。

　それから一月《ひとつき》がたった。桜は既に新緑に変わっていた。

と、その日、江戸佐倉屋敷に急使が入った。書状を開くと、なんと忠輝に川中島十四万石という大栄転の報《しら》せである。

（上様はやっぱり父御《ててご》であられた）

信久はこみあげてくるものがあった。四人の兄に比べて格段に差のある忠輝への配慮ともとれる。将軍就任の祝い分けであろうか。

それのみか、栃木の皆川広照にも加増された。忠輝の所領となった川中島北部の信州飯山四万石である。長年にわたる忠輝養育の功に報いたようだ。

川中島といえば永禄年間、武田信玄と上杉謙信の激突で有名だが、天正十四年（一五八六）以降、上杉景勝領となり、慶長に入ってからは森忠政が入封していた。その森忠政を美作《みまさか》津山へ移して、忠輝を封じたのである。

佐倉四万石から一年も経たずして十四万石の大栄転ということだ。

卑屈さを放埓《ほうらつ》に変えて遊び回っている少年に、降って湧いたような僥倖《ぎようこう》である。

「殿、川中島十四万石にござりまするぞ」

信久は感情をこめて語尾に力を入れた。

「諄《くど》いようではございますが、お実父《ちち》上のご配慮、これで兄上方とお並びになりまする」

この辺りで藩主らしく落ち着いて欲しいと願うばかりだ。

「川中島？　十四万石じゃと」

忠輝の目は半信半疑だ。

三カ月前、江戸城で初めて家康と対面した。あのとき家康が何を思ったかしらぬが、忠輝には懐かしくも慕わしくもない老人だった。

それほど後味の悪い対面だったにもかかわらず、十四万石を与えるという。将軍昇任で気が大きくなったのか、それとも父子対面で自責でも覚えてくれたのか、それにしても兄たちと比べればさして喜ぶほどのことではないと、どこまでも拗《す》ねる忠輝である。

明くる日、栃木から皆川広照がやってきた。

「これは養父《ちち》上、お久しぶりにございます」

薄い髪が茶色くなり、角張った頬が少し削《そ》げている。可愛がってくれた覚えはないが、それでも家康よりは懐かしい。

「おお、辰千代、あいや忠輝殿。久しぶりじゃったのう。こたびは川中島転封、先ずは祝着にござる。お陰でわしも飯山を頂戴したが、これで忠輝殿をお育てした甲斐があったというものじゃ。

将軍もそのことをお忘れなかったことを、わしは何より嬉しい。これからは忠輝殿の家老という立場じゃが、お育てしたということだけは忘れんで下され」

と相好を崩した。

「養父上《ちち》のお元気なお姿、忠輝も嬉しく存じまする。今後ともよろしくお願いつかまつる」

信久は傍でほっとした。また何か言い出して広照を怒らせたりなどしないかと内心案じたが、思いのほか素直である。

「これからは栃木も寒気が溶け、いい季節に向かうゆえ、忠輝殿も一度きて下され。忠輝殿なら、一鞭当てればさして遠くはござるまい。ハハハ、それより飯山でお会い出来ようかのう」

と広照は上機嫌だ。何しろ信州飯山四万石が転がり込んできたのである。

その広照におとなしく対応した忠輝が、上使のやってきた日、江戸佐倉屋敷から姿を消してしまった。

「おー、介《すけ》さまあ」

「介さまあ」

江戸川を背にした茶店から二人の若者が飛び出してきた。無造作に絡げた髪、胸を開いた着物に括《くく》り野袴という恰好からみて侍ではない。実は忠輝の遊び仲間、七郎太と三郎である。

細身で上背があり、敏捷そうなのが七郎太で、ずんぐりした体軀が三郎である。ともに印旛《いんば》村の大百姓の伜である。彼らが沼畔に現われた忠輝と出会ったそもそものきっかけは喧嘩だった。

「見かけぬ野郎じゃ」

余所《よそ》者忠輝の異相と風態がまず嫌われた。

「どこの者《もん》じゃ」

答えぬ忠輝に、双方睨み合った末、棒振りとなった。そうなると忠輝の方が上手《うわて》だ。これは敵《かな》わんと逃げ出した二人を忠輝が呼びもどした。それも栃木のときのように、佐倉へきて日もまだ浅く、友達を求めていた忠輝である。それも佐倉藩主と野放図に山野を駆け巡る友達が欲しいのだ。

それ以来友達付き合いが始まった。とはいっても相手は武家、それも佐倉藩主とわかったときの七郎太と三郎の驚きは、腰を抜かさんばかりだった。

「上総介様、これで勘弁してくだされ」

二人はいきなり土下座してしまった。それ以後、友達付き合いを可能にしたのは、忠輝の態度だった。

なにしろ彼等と同じような姿で馬を駆って村に現われ、沼での魚採りから山へ分け入っての猪狩りと、彼等のすることはなんでもやる。彼等にとっても友達として十分手応えのある忠輝だ。

介さまとは、上総介のことで、忠輝がそう呼べと命じた呼び名である。

しかし彼等ともいよいよ別れとなろう。いずれ信濃の川中島へ移ることになるのだ。忠輝は上使が江戸屋敷にくるという日をわざと選んで、二人に江戸川の渡しまで来いと命じていたのだ。

「介さま」

「おお、きたか」

今日の忠輝も彼等と同じ恰好である。印旛からここまでは少なくも十里はあろう。しかし、遊び馴れた彼等にとって、馬を走らせることは朝飯前だ。忠輝も忠輝で城から脱け出して馬を駆ってきたのだ。

「今日はとんでもねえ所へ呼び出しなされて」

いつもなら湖畔か村のはずれだ。それが今日は江戸川を越えてきたのである。

「実はな」

忠輝は、今日が江戸屋敷で上使を迎える日になっていると告げた。

「それではこんなところにおられるのはそれこそとんでもねえ」

三郎は乱れ前髪を搔きあげながら言った。

「いいんですかい」

「うん」

「いや、よかないと思いますよ」

「そりゃあよくはないさ。それでも余は上使の顔など見たくなかったのじゃ」

這いつくばるようにした頭の上から、どうだと言わんばかりにして読み下す上使の姿や声を目に浮かべ、思うだけで反発を覚える。どうも忠輝は、生れついて反骨を身につけているようだ。

「ということは、これでお終《しまい》ということですか」

気が抜けた二人である。

「ともかく今日はおぬしたちの所へきたかったのじゃ」

顔を見合った二人は、複雑な気持ちである。なにしろ相手は藩主なのだ。

「よいか、今日は海の方へ行くぞ」

馬首を立てた忠輝に、二人は遅れまいと後を追った。

（二）

行く方《え》をくらました忠輝が江戸佐倉屋敷にもどってきたのは日暮れどきだった。血を塗ったような夕陽を背にして、式台に立った忠輝を迎えた近習たちはギョッとした。

元結《もとゆ》いをほどいたざんばら髪に、前を開いたしどけない恰好である。

信久は怒りを制《おさ》え難かった。上使の迎え方の細々について、あれほど教え、気を使ってきたにもかかわらず、それを無視して行く方をくらましたのだ。

「これまでどこにおられました。上使は遂に待ちきれず帰られましたぞ」

これが家康の息子でなかったら、どういう次第になるかわからない。

信久の怒りはもっともであり、われながら無謀を悔いるものがある。

ともかくも、信久に追われるようにして部屋にもどると、小言の後に、意外なことを聞かされた。川中島十四万石推挽《すいばん》の人物である。

「女性《にょしょう》にござりまする」

「女性じゃと？」

「茶阿局《ちゃあのつぼね》と申される方にございます」

「なんじゃ、その茶阿局とは」

「殿のお母君にございます」

「母上じゃと⁉」

盛りあがった目を、剝くようにした。

数カ月前、実父と言われた家康と対面した。今度は母という人物が現われたのである。

しかし忠輝は黙った。これまで信久の口から、一度も母のことは出なかった。だから母のことを意識したことはない。母に等しい人なら、乳母小夜がいた。この小夜に十分に甘え、母の味は知っているつもりだ。だから、今になって生母のこと云々と言われても、正直なところ迷惑だ。

忠輝を産んだ女は、多分相当な醜女《しこめ》のはずだ。それゆえ自分は家康から顔を嫌われて捨てられた。

不思議なのは、家康がなぜそんな醜女に忠輝を産ませたのかということだ。

それに捨てたはずの子を茶阿局が推挽し、それを家康が聞いて計らうということだ。

「その茶阿局とやらの言うことを、よくも上様は聞かれるものよ」

「いやしくもご生母様にござりまするぞ。茶阿局様は」

「いや、あちらは余を産んでくれたかしらぬが、余はそれきり捨てられたのじゃから、母とも何とも思っていぬわ」

「それはあんまりな言い様」

「そうかな、茶阿局が余のことを思うてくれるのは産んだからであろう。したが余は顔を見たことも、声を聞いたこともないのじゃから、親とも思わぬのが当然であろう」

そう言われれば返すことばもない。忠輝が茶阿局を知ることになるのはまだ先のことである。

「ところで城代家老が決まりましてございます」

と信久は四人の名を明かした。花井遠江守・松平讃岐守・松平出羽守・山田長門守である。

「うむ」

十二歳の忠輝には、そんな名を聞かされても顔も何もわからない。目下のところはこれまでのように、全て大人に任せきりだ。

と、信久は一膝のり出した。

「花井三九郎殿は、実は殿の義兄にございまする。つまり殿のお姉上の婿殿、そのお方を川中島の筆頭家老にされましたは、これも茶阿局のお動き」

「なに！　花井とやらが余の義兄じゃと――」

三年前、栃木から深谷へ移るとき、いきなり弟の存在を知らされた。

そして今度の川中島転封では、茶阿局や姉、それに義兄までが現われたのだ。

「わからぬ。その花井とやらは何ゆえ余の義兄なのじゃ」

忠輝は目に角をたてた。

「はっ、花井三九郎殿は」

信久が三九郎と言ったのは、花井遠江守のことで、もともと三九郎を名乗っていたためである。

東三河の出身で、松下姓を名乗っていたが、その後花井姓に変わり、江戸城に入ってからは五百石どりの小姓となった。

この花井三九郎が家康の前で何度か仕舞を舞った。その席にいた茶阿局は、舞いの美しさに惹かれた。それもそのはず、彼は猿楽の者だったのだ。

茶阿局はこの花井三九郎を、娘お八の婿にと考えた。お八は家康の子ではなく、彼女が江戸城に入るとき連れ子した娘である。この娘の婿にと考えたのは、仕舞の名手なばかりか、官吏としての能力を見込んでのことである。

彼女の頭にあるのは、娘の幸せだけではなく、赤児のときに手放した辰千代・松平忠輝の有力な身内を作ることにある。

いや、三九郎ばかりではない。城代家老のもう一人山田長門守は、茶阿局の元夫と前妻の間に生まれた子で、この子を木全刑部《きまたぎようぶ》という者の養子として御家人にした。その長門守もまた、花井三九郎とともに川中島藩の家老に仕立てた。

「ですから三九郎殿は茶阿局の意を体して殿にお仕えなさると存じます」

ということは、花井三九郎は母の陰者《かげもの》であり、忠輝の有力な味方ということだ。

(大した女だ)

将軍を裏で、そこまで動かすとは相当の遣《や》り手だ。

よほど頭がいいか、それとも男を誑《た》らす力を持っているのだろう。

(どんな女だ)

忠輝が茶阿局に関心を持ったのはこのときである。

松平忠輝の川中島転封による家臣団の編成は終わったが、直ちに川中島へ赴任するわけではない。その間は、川中島四郡（高井・水内・埴科《はにしな》・更級《さらしな》）の各城に城番を置き、信濃在住の領主がこれに当たる。

ところで驚いたのは、新たに大久保十兵衛長安という人物が、付け家老（与力家老）として別に入ったことである。

長安このとき五十八歳、そんな高齢の男が、どうして忠輝の付け家老となったのか、不可解な人事である。

「大久保長安とはどんな男じゃ」

と訊かれても、信久は困惑する。不可解の人事と言ったが、その前に、長安その者が不可解としか言いようのない人物だ。そんな長安を、どうして忠輝の付け家老としたのか、その辺りに、家康の忠輝への思惑がほの見えるようだ。

大久保長安は、大和猿楽師大蔵太夫の次男として天文十四年（一五四五）に生まれている。

父の金春《こんぱる》座猿楽の大蔵太夫は、弘治年間、大和を去って甲斐の武田信玄の猿楽師となった。

大蔵太夫が大和を去ったのは、二人の息子を武士に仕立てたかったからだ。

そして長男を小姓衆に、次男の藤十郎（後の長安）を蔵前衆（徴税・裁判・鉱山採掘）にとりたててもらった。

しかし信玄歿後十年の天正十年（一五八二）、信玄の遺子勝頼が織田・徳川の連合軍に敗れ、名門武田氏は滅亡してしまった。

そこで甲斐を離れた藤十郎は、次なる目当てを徳川に求めた。とはいっても、武技のない藤十郎である。いろいろ考えた末、浜松にいる家康の重臣大久保忠隣《ただちか》に目を付けた。忠隣が舞曲を好むということを知ったからだ。

この忠隣にとり入ることに成功したのが出世の第一歩である。そして、伯父の大久保忠佐《ただすけ》から「大久保」の名字まで頂戴することになった。よくよく見込まれたものである。

もっとも見込まれたのは舞いの才だけではない。武田にあって藤十郎が何をしてきたか、その才を買われてのことであった。

こうして大久保十兵衛長安と改名した藤十郎の第二の人生は、家康との出会いによって五十真ん中を過ぎてから花開くことになる。

慶長元年（一五九六）五月、家康が内大臣に任ぜられた祝賀の宴で、長安は忠隣の推薦を得て久しぶりに舞を舞った。

このとき長安は家康を意識するより、体内に流れる己が大蔵流の舞に没入し、佳境に酔った。

「よき舞であった」

この舞が機縁となり、家康の目に止まった。そして長安の武田における経歴を買われて、まずは武蔵八王子の代官に取り立てられることになった。五十三歳である。

代官での仕事は、武田の蔵前衆のとき覚えた検地や年貢の取り立てで、自信はある。

その実績をあげた上で、念願の鉱山奉行になることだ。

そうして翌年、家康の宿敵秀吉が他界すると、大坂の政局は動き出した。いや政局どころか東西に分かれての大戦さの用意である。

そうなると武技のない長安にとっての戦さは、工作という頭脳戦略である。

着目は木曾谷であった。広大な木曾美林は用材の一大蓄積蔵である。これからますます築城用材の需要は伸びるはずだ。そこで木曾代官石川貞清が西軍であることに目を付けた。

石川貞清配下の木曾義昌の遺臣たちに呼びかけて石川貞清攻めをけしかけ、石川氏勢力を一掃して木曾谷を制圧した。そして木曾谷はこの後、天領となるが、まさにこれは長安の裏工作の戦果である。

こうして家康からその異能を認められた長安だが、人々からは胡散《うさん》の目で見られた。

猿楽の出自と、謀略や工作といった裏舞台に踊って頭角をあらわしてきたことへの蔑視である。

そんな男がどうして忠輝の付け家老となったのか、信久や城代家老たちは家康の真意がわからなかった。

㈢

江戸は桜が散ったというのに、川中島はまだら残雪の上を、刺すような風が吹きぬけている。

「寒うござりまするな」

そう言ったのは七郎太である。結局忠輝は七郎太を小姓にとりたててしまった。

印旛七郎太勝則である。いずれ三郎もそのつもりだ。

忠輝の手足となって動いてくれる人間が必要だからだ。

下総のような温暖な所に育った七郎太には、この寒さがこたえるようだ。

「まだまだ寒気は抜けぬようだぞ」

「はっ、覚悟はしてまいりましたが、やっぱり信濃は違いまする」

一面冬枯れの野に人影もない路を往くと、どうやら松代のはずれまできたようだ。と、行く手に、まるで忠輝を待ち構えてでもいるように、騎馬の老人が立っていた。

「お待ち申しておりました」

白茶けた薄い髪を絡《から》げた老人にしては、眼光が鋭い。それに尖《とが》ったような鼻梁から受ける感じは只者ではないような威厳さえある。

「大久保十兵衛長安にござりまする」

長安は年に似合わず身軽に馬から降りて深々と頭をさげた。

「おお、そちが長安か」

信久からの先入観はある。それにしても不思議な雰囲気を持った老人である。信久の言った不可解な人物、不可解な人事、といったことばに却って好奇心をそそられる。

「どうしてそんなところにおった」

「はあ、もうそろそろこちらにお出での頃ではないかと――それで毎日のようにここでお待ち申しておりました」

「そんなことがわかるのか」

「殿のことは前々から関心を持っておりましたゆえ」

どんなことに関心を持っているのかしらぬが、気になることばだ。

「碓氷《うすい》の峠は大変にござりましたでしょう」

「ハハハ……余はそちのような爺ではないわ」

とは言っても、旅泊を重ねながら、碓氷峠の難所には本当のところ難渋した。やはり川中島は遠いという実感である。


翌日長安は朝から忠輝一行を案内した。

まず目ざすは川中島の八幡原である。千曲川と犀川《さい》の合流する三角洲だ。

永禄四年（一五六一）九月、妻女山を拠点とした上杉謙信と、海津城に入った武田信玄が、四度目の雌雄を決する戦いを展開したところである。

早春の凛烈の風と陽に、二つの川はキラキラと光を撥《は》ね返して河原を洗ってい

伸

る。

いまだ実戦の経験のない忠輝だが、彼我あわせて三万の兵が激突し、それを率いた両雄の姿を瞼に描いただけで心が躍る。

「長安、そちの敵は誰じゃ」

いきなり忠輝が言った。

長安はゆっくりと忠輝の方へ向いた。

「敵と思えば山も川も敵となります」

「余はそういうことを訊いたつもりはない」

長安は手綱を引いて忠輝との間《あわい》を縮めた。

(思った以上の若じゃわ)

「余はな、謙信と信玄が羨ましいぞ。それほどの宿敵がいるとはな」

「そのうち殿にも必ず敵が現われまする。男の人生とはそういうものでございます」

「うむ」

率直な爺である。そのとき家康の顔が浮かんだ。あの皺面の権力者に、自分は生涯かけて抵抗したいと思っている。

「それでは駆けまするぞ」

長安は先に立って千曲川沿いに上った。

善光寺平にくると、思わず目を奪われた。天に屹立《きつりつ》する飯綱・戸隠、そのまた先に黒姫・妙高の山々が圧倒する。佐倉や江戸にない峻厳な山容である。

「惚れたくなるような山々じゃ」

「そうでございましょう。私奴はあちこちと山歩きをしてきた者にござりまするが、こちらの山々は神のごときものでござります」

「そんなに山歩きをしてきたのか」

「それは甲斐で覚えたものでござりまするが、私の山歩きは、いわば眺める山ではのうて、宝の山探しにござりました。いずれ殿に、もっと凄い宝の山をご案内することになりましょう」

長安の言う〝宝の山〟とは何かを知るのはもっと先である。

一行はそれから黙々と千曲川をさかのぼり、水内郡の飯山を目ざした。飯山は皆川広照の所領となった所である。

その夜忠輝は湯に浸り、七郎太はじめ従者たちと酒を呑みながら大声をあげて談笑した。

こちら長安は疲れを覚え、早目に引きあげて床に入ろうとしていると、いきなり粗暴に戸が開いた。

「おお、これは殿、いかがなされました」

酒気帯びではあるが、その目は確かである。

「訊きたいことがある」

「それでわざわざ。さ、どうぞこちらに。火桶の火はまだ十分でござります」

長安はいっぺんに眠気がすっ飛んでしまった。

「なんでござりましょう」

長安は穏やかな目を細めた。まるで息子を見るような眼差しである。

「そちは前から、余に関心があったと言ったがどういうことじゃ」

「そりゃ上総介様のことはいろいろと……」

「ほう、上総介と言うてくれたな」

「はい。長安も気に入っているお名乗りにござりますれば」

忠輝の心に触れることばだ。

「そうか。で、余の何に関心があった」

「尋常ではない反骨とでも申しましょうか。そんな不遜を申し上げてはご無礼かと存じますが……」

「爺」

思わず口を衝いて出た。爺と呼ぶのは信久一人だったが、滑るようにして発したことばだった。

「爺と呼んでくだされまするか」

「これはちと甘えたかな」

「いや、時には爺と呼んで下され。長安、心にしみまする」

長安の目がますます細くなった。

上総介の名乗りを気に入ってくれたのも嬉しいが、ずばり反骨と直言した人物はほかにない。

「そちはどういう男じゃ。余の周りはそちのことをよく言わぬ者が多いぞ」

「そうでござりますか。したが私奴は、殿に夢を賭けている者にござります」

「夢じゃと？　どんな夢じゃ」

（まさか徳川家康を超えよとは言えぬが）

長安は心の中で微笑みながら、

「思いのままに生きられませ。私奴は命の限りお手伝いをさせていただきまする。それが私奴の夢でして」

われにもなく漠然としたもの言いになってしまった。

(いや、これでいいのじゃ)

「爺、訊きたいことがまだあったぞ」

そう言いながら忠輝は目をそらした。あたかも風の音を聞くような眼差しだ。

「茶阿局とはどんな女じゃ」

「ああ、ご生母様にござりまする」

「余は一切何も知らぬ。つまり聞かされておらぬ」

「美しいお方にござりまする」

「そんなことを聞いてはおらぬ。何ゆえ余が生まれたのかということじゃ」

茶阿局の本名はお久《ひさ》である。お久は元、遠州金谷宿の鋳物《いもの》師山田某《なにがし》の妻であった。

お久はなかなかの美貌である。この美貌が仇《あだ》となり、在所の代官から惚れられ、夫の留守を狙ってはお久に近づき、口説かれつづけた。

しかしお久は靡《なび》かなかった。そこで代官は一計を案じて、とうとう夫の山田某を殺してしまった。

お久は動転したが訴えも出来ず、三歳の娘を連れて家を出ると、親戚、縁者を訪ねて転々と身を隠した。しかし、どこにも安穏な所はなく困り果ててしまった。

とある日、浜松城の徳川様が近くで鷹狩りをされると聞き、勇敢にもその帰途を待ち構えて直訴せんと考えた。天正十八年（一五九〇）頃のことである。

領主に直訴などということは、武士かはたまた庄屋、名主のやることで、死を覚悟の所為である。まして庶民、それも子連れの田舎女のやることではない。

それほど追いつめられていたのかもしれぬが、その行為の重大さを、どれほどお久は知っていただろうか。

ともあれお久は狩場から引き揚げてくる一行を待ち伏せて、御大将らしき騎馬の前に進み出て膝を折り、

「お願いにござりまする」

と手を合わせた。途端、

「無礼者！」

と一喝が聞こえると、従者の一人が抜刀してお久に斬りかかろうとした。そのとき、

「やめよ」

と静かな口調で家康が制した。女の直訴などかつて見たこともなく、家康は心中驚いた。

見下ろせば、粗衣をまとった女ながら、必死で哀願する目の一途さ、それに手を合わせた女の白い顔の美しさに、家康は目くるめくほど心打たれた。衿からのぞく胸の豊かさ、それにほつれ髪に艶めく項《うなじ》の白さに男心が蠢《うごめ》いた。

「聞いてとらそう」

ということになり、お久母子は行列の後尾について浜松の城に入った。

そこでお久は代官の悪事を綿々と訴え、思いを遂げたが、それからが意外なことになった。そのまま浜松城に留め置かれ、一旦、台所方などの用についたが、やがて家康の枕席に呼ばれることになった。

お久としては思いもかけぬ出世階段の第一歩を踏むことになった。家康五十歳、お久二十六歳ごろのことで、好色家家康の男心を射止めた、まさに意想外の直訴だったのだ。

そしてその年の八月、国替えとなり江戸に移った家康に従い、文禄元年（一五九二）江戸城で六男辰千代、つまり忠輝を出産した。

初めて聞く母の驚くべき過去である。鋳物師の女房風情の直訴と、家康の心を射止めたのは美貌だったという。

「爺」

「はい」

「そんなに美しい母じゃというに、どうして余は捨てられたのじゃ」

「捨てられたことにはなりますまい」

「何を言う、余は捨てられた」

「捨てたお子に、どうして川中島十四万石も与えられましょうか」

燭の明りに、皺を刻んだ長安の顔が穏やかに微笑んだ。

「それでも余は怨んでいる」

長安からみれば拗《す》ねているとしか見えない。しかし、この拗ねこそが忠輝の反骨である。その反骨に夢を見ようとする長安なのだ。

「もうお寝《やす》みになられますか」

本当のところ、長安は疲れている。

「うむ」

忠輝は珍しく素直である。そして引戸を開けて出ていった。

第三章❖茶阿局

㈠

江戸へ戻ってきた忠輝を迎えたのは花井三九郎であった。細面《おもて》にすっきりと通った鼻筋、濃い眉に切れ長の目が涼しい。それに歩行から立ち居振る舞いの端麗さは、仕舞の技が身についているからだ。

「川中島はいかがでござりました」

信久と違って、忠輝を責めようとはしない。

「山も河もよき所じゃった」

「それはそれは。して松代ではどなたがお相手なされました」

「ああ、平岡という者じゃった」

突差の出まかせで、長安という名を言いそびれた。

部屋に入ると用人に茶を運ばせ、一服すると三九郎はおもむろに言った。

「茶阿局様にお会いなされませぬか」

唐突だった。

「……」

「お局様が、殿にお会いになりたいと仰せられておられます」

返事に詰った。なかなかの遣《や》り手と聞いて、一度会ってみようかとも思ったが、捨てた母《おや》に今更会うこともないと思っている。

「何ゆえ余に会いたい」

「それはご生母様にござりますから」

「したが余は、育てられた覚えもないゆえ、会うこともない」

「そのようにお思いなされずと、素直にお会いなされましたら」

この言い分では、どうも局から頼まれているようだ。

「それより、そちの妻は美しいか」

忠輝は話を変えた。

「ハハハ……これは参りました。自分の口から申すのも憚《はばか》りますが、殿の姉君に当たらせられ、それは美しゅうござります」

「その姉になら一度会うてみたいものじゃ」

「ハハハ……それならいつでも拙宅にお出まし下さりませ。妻も喜んでお迎えいたしましょう」

それから三九郎は、忠輝に仕舞いを勧めた。そしていずれは大名の素養として、能を演じて欲しいとも言った。

たしかに信長も幸若を舞い、謙信も琵琶の名手であった。それからみれば、家康にはそんな雅びの技はない。

三九郎の身のこなしの美しさに惹かれている忠輝である。

「仕舞いのことも局か？」

「いえ、これは私奴の勧めにござります」

「では訊くが、長安の舞いはどうじゃ」

忠輝はここで長安の名を出した。おそらくしたたかに批判するだろうと思いきや、

「あのお方の舞には、到底及びませぬ」

と言うではないか。

「どうしてそんなことがわかる？　そちは長安の舞を見たことがあるのか」

「いえ、見たことはありませぬ」

「なら、どうしてそんなことが言えるのじゃ」

「長安殿は大蔵流のお人にござりますから」

大久保長安の父、大蔵太夫十郎は、観世流の世阿弥《ぜあみ》元清の女婿だった金春《こんぱる》七郎禅竹の孫である。父の金春座猿楽の大蔵太夫が、大和を去って甲斐の武田信玄の猿楽衆となったことは先述した。その息子長安には、到底及ばないと言うのである。

そのことばには、長安に対する敬意さえ感じられる。

（そうか、三九郎は長安を敬している）

これは大きな発見だった。同じ猿楽に生きた者同士の共感であろう。

「実はな、川中島で相手をしてくれたのはその長安じゃった」

「そうでござりましたか。それはようござりました」

こんなことばを聞こうとは思いもよらなかった。三九郎と長安は同床ということか――。

「それではそちの勧めに従うことにしよう」

「と言われますと、局様にお会いなされますので」

「いや、そちの芸じゃ」

「ああ、左様で。承知つかまつりました」

この話し合いが、奇しくも二人を結びつけることになった。

㈡

花井三九郎の案内で、忠輝は江戸城の小座敷の敷居を跨《また》いだ。十畳間の上座に敷物と脇息が置かれ、右手に薄紫色の打ち掛けを着た上﨟《じょうろう》が手をついている。座につくと、

「松平上総介様、お成りにござります」

三九郎はそう言うと、ゆっくりと部屋から出ていった。部屋には忠輝と上﨟二人だけになった。

「お待ちいたしておりました。茶阿にござります」

この対面を、どれほど逡巡《しゅんじゅん》したことか。特に懐《おも》うこともなければ、会いたいとも思っていない母である。

しかし、どうしても訊かねばならぬことがある。それゆえ三九郎の勧めに従ったまでのことだ。

「ご立派にご成長なされ、こたびはまた川中島藩主にご栄転あそばし、嬉しく思っております。まことにおめでとうございます」

四十歳を越えているという局《つぼね》が美しいかどうかわからない。江戸城で瞥見《べっけん》する女性は、厚化粧に着飾って、みな一様にしか見えない。だから着物が動いているといった感じで、まじまじと顔を見ることもない。まして中年の女性など、忠輝の関心の外である。

忠輝はやおら局の顔を注視した。色白の丸顔、一番気を惹くのは目であろう。しかし、このような顔は、江戸の町中にいくらもいる。

（人が言うほど美人ではないではないか）

忠輝には、まだ美人というものの尺度がない。

「上総介でございます」

「かねがねこうして一度お会いしたいと思っておりました」

そう言うと茶阿は声を詰まらせた。初めて会う息子である。いろいろと噂は耳にしてきたが、赤児のまま手放したわが子の成長を確かめたかった。そしてできることなら抱きしめて詫びたい気持ちだ。

見れば、身の丈は既に大人となり、凜とした眼は鋭く、三九郎のような美青年とはいわぬが、男の気迫のようなものが感じられる。捨てられるような子ではなかった。

「忠輝殿、本当に申し訳なく、この通りにござります」

茶阿は額を畳にすりつけんばかりにした。それからやおら顔を起こすと、

「これからは忠輝殿のために、陰ながらお力になりたいと思っております」

それが言いたかった茶阿である。

しかし、忠輝の感情は動かない。

「お尋ねしたいことがあったゆえ、ここに参りました」

「はっ⁉」

「忠輝の父は一体どなたですか」

開口一番、いきなり衝いて出たことばである。それは母を見る目ではなく、一人の女を尋問する目である。茶阿は匕首《あいくち》を突きつけられたような気がした。

「そのようなことをお疑いで」

「はい」

「忠輝殿のお父上は、上様でござります」

茶阿の感情が激しく動いた。そんなことを訊きにここへきたのだということがわ

かった。

こちらが息子に会いたいように、息子もまた母を慕ってきたと思ったが、そうではないようだ。

「したが、子を捨てる親がありましょうか」

忠輝の目とことばが詰《なじ》っている。

「上様の子と言われるが、上様は疑っておられたのじゃ。それゆえ余は捨てられた。忠輝は今でもそう思っています」

「何度でも言いましょう。お父上は上様です。母のことばをお信じくだされ」

「いや、昨年、忠輝は深谷転封にあたり、江戸城で上様と初めて対面した。その折上様は、余の幼名も、栃木で育ったことも忘れておられた。そのような人を父上とは思えませぬ」

茶阿は背筋に氷が走るのを覚えた。たしかに昨年、栃木から辰千代が江戸城に現われ、家康と対面した。

茶阿はそれでどれほどほっとしたかわからない。長い長い間の心の重しがとれたような気がした。

ところが聞いてびっくり、そのような対面だったとは……。

「ならどうして川中島十四万石なぞお与えになりましょう」

茶阿は躙《にじ》りながら反論した。

「それはいつか起こる大坂攻めを前に、徳川の布陣が必要だからです。忠輝はその駒です。私はそう思っております」

「なんということを……」

忠輝の脇息に手をかけた茶阿局の打ち掛けの衿が、いつのまにやら肩からすべり落ちている。

「母の言うことを、この母のことばをお信じ下され、わたくしはどれほど忠輝殿のことを思ってきたか。下野《しもつけ》に送られたことを無念に思い、以来ずっと耐えてきましたものを」

と、忠輝に縋《すが》らんばかりだ。

「子の顔が醜いからといって、捨てる親が世にありましょうか。疑われていたということにお気づきなされませぬか」

「それはあんまりな言い様」

茶阿は取り乱さんばかりになった。

「忠輝の十四万石は、あくまでも徳川の戦略、もし徳川が天下を取るようなことになったら、いずれ忠輝は除かれましょう」

「なんということを」

「それでも上様の子と言われるなら、忠輝の怨みは消えませぬ。遠州金谷宿の鋳物師の伜と言ってくだされた方がいい。その方がどれだけ余を自由にさせてくれることか。深谷も川中島もいりませぬ。忠輝は刀鍛冶《かじ》となって名刀の数々を作りましょう。忠輝の望みはそういうことだということをお伝えしたかった」

そう言うと忠輝は座を去った。胸のしこりを吐き出したのだ。

「忠輝殿──。」

茶阿の声が縋《すが》った。しかし忠輝は振り返ろうともしなかった。

茶阿は一刀両断されたような気がした。

夫山田作之助が殺されて以来の衝撃である。転々と逃れて、家康の前に直訴したのは、いわば窮余の策だった。

それからは、家康の側室として思いもよらぬ暮らしだ。たとえほかに何人側室がいようと、そんなことは問題ではない。

毎日の生活が保証され、何一つ苦労はない。強いていえば自由がないだけだ。

その中で唯一心にかかっているのは、辰千代忠輝のことだけだ。

ところがその忠輝から、夫山田作之助の子であることを望まれた。

久しく打ち忘れていた作之助の思い出が甦ってきた。一緒になる前、何度か人目を忍ぶ恋路を楽しみ、ささやかな祝言をあげる前に子を宿した。それが三九郎の妻となった娘はるである。

職人気質というよりも、どちらかというと芸術家跣《はだし》の作之助の刀は、遠州ばかりか和泉・河内あたりでも聞こえた。

鋳物師はその昔、大陸からきた帰化人の裔《すえ》と言われ、鉱脈を求めて諸々を歩いた漂泊の民であった。

お久（茶阿局）の夫作之助も、子どもの頃は親に従い、転々と地方を歩いたようだ。そして父の技を継いで和泉・河内・伊勢を渡り、遠州金谷へきた頃、父の死とともに金谷に落ちつき、お久と一緒になった。

鋳物師の作之助には、代官や家康にない魅力があった。お久はこの作之助から性技の妙を会得した。それからみれば、家康など少年のようなものだ。

だから、側室の数がどんなにふえ、若い女が入ろうと、家康を体で繋ぎとめる自信がある。それが四十歳を越えてもなお、家康が茶阿を離さないゆえんである。

お久にとって作之助は青春であり、永遠の男だ。その作之助を思い出させてくれ

伸

たのが忠輝である。

家康に疑われていると言い、自分は作之助の子ではないかと言った忠輝に、本当のところ感動さえ覚えた。

(忠輝殿、そなたは上様より、作之助の子にふさわしい)

㈢

その夜、茶阿は侍女を退け、まんじりともしなかった。

たしかに辰千代が生まれたとき、その面相が嫌われ、捨てよと言われた子である。ということは、家康の胤《たね》ではないとされたのだ。

衝撃のお久は、産褥《さんじょく》にあって浜松時代のことを思い出した。するとたしかに奇っ怪なことがあった。

直訴の後、浜松城に伴われ、そこで一年ばかり台所方の仕事についた。

とある夜、女中部屋で寝ていると、夜中ひそかに戸が開いて黒い影が忍び寄ってきた。声をあげようとすると、忽ち男はお久の上に乗った。

抵抗しようにも口を塞《ふさ》がれ、荒々しく下肢を割られた。そのときどういうものか、作之助と初めて交わしたときのことを想い出した。作之助もこういう形で、夜中突如としてやってきたのだ。

口を覆い、舌をからませ、作之助の指先がお久の陰核をやさしくまさぐりだした。不思議な痺《しび》れが快感を誘い、何やらわけのわからぬうちに、下肢に強い刻印をされた。それが作之助との交合の初めだった。

そして今、漆黒の闇の中に現われた男が何者かわからぬが、お久には抵抗がなかった。むしろごく自然に体を任せ、久しく乾いた己が欲情を満たしてさえいた。

ことが終わると、黒い影は風のように離れていった。明くる日お久は、それが何者だったかどう考えてもわからなかった。しかし、体つきと息使いから、自分によく似た年齢と判断した。

わからなければわからないで、むしろその方がよかった。かくなるうえは作之助の代わり身ということにした。

ところが中一日おいて、お久は家康の枕席に呼ばれたのである。まさかのことが出来《しゅったい》した。そしてお久は二十六歳も年上の、まるで父親のような家康に身を任せたのである。

だから本当のところ、生まれた異相の赤児に、愕然としたのはお久であった。

既に五男の父でもある家康は、生まれたばかりの赤児の顔を知っている。そんな家康に、異相の赤児が受け入れられるはずはなかった。

「捨てよ」

とは、家康がわが子と認めなかったことを意味する。しかし、お久にとってはわが子である。その息子辰千代が、重臣本多正信の奔走によって、栃木の皆川広照に養われることになったことで、本当のところ愁眉《しゅうび》を開いた。

ではなにゆえお久は捨てられなかったのか——それは家康好みの美貌というより、他の側室にはない性技にあった。

幼少から生地を離れて駿府の今川館の一角で質子《ちし》暮らしを強いられ、母や乳母とも離れて、いわば男の中で育った家康である。

そして、そろそろ遊里にでも出入りしてみようとした頃、今川義元の姪《めい》を娶《めと》らされ、謹直な生活を強いられた。

それからは、岡崎で独立するまで命がけの戦さがつづき、信長麾下にあって、甲斐武田と対峙するなど、寧日《ねいじつ》がなかった。

そして天正七年（一五七九）、信長の命令で、甲斐との密通を疑われた正室築山殿と、嫡子信康を斬らされた。

以来正室を娶ることはないが、築山殿死後の家康は、まるで解放されたように女漁りを始めるようになった。

初のお手付きお万（小督局《おごう》・元、家康の正室築山御前の侍女で、家康の次男越前松平秀康の母）をはじめ、武田滅亡後の甲州女狩りのお都摩《つま》（下山殿・水戸松平信吉の母）やお須和（甲州女阿茶局）、お愛（西郷局《さいごう》・三河女二代将軍秀忠の母）ら、少なくも数人の側室たちがいた。

そこへひょんなことから、お久を浜松在で釣りあげた。他の女にない性的魅力というか、一目で惚れ、抱いてみると、床のうまさに驚いた。

（さてはもと、遊女ではなかったか）

女が歓《よろこ》ぶというより、男を歓ばせてくれる女である。家康にとって初めて得た女の中の女である。

しかし、あんな形で釣りあげたため、あるいは別な男の胤を宿していたかもしれぬ。となると、釣りあげたこちらに弱味がある。だからといって、放逐するには未練がある。

家康にとってお久は、初めて知った魅力の女だ。放し難いのは当然だ。

そこを知ってのお久である。たしかに辰千代は異相の子であった。あの男か、家康の胤か、お久にとっても本当のところ定め難い。それでもここは、たとえお天道《てんとう》様が西から昇ろうと、家康の子として通さなければならない。

幸いなことに、辰千代の後に第二子松千代が生まれ、長沢松平の嗣子となった。ところがこの松千代が早世したため、辰千代は松千代の後に入り、松平忠輝となった。

松千代が存命していたら、忠輝は今なお栃木城から動けなかったかもしれず、あるいは松千代との間で兄弟相剋の下地が生まれたかもしれない。

そんなことを思うと、松千代は兄忠輝のためにこの世に生まれ、そして松平氏を繋ぐ役割りを果たして死に急いだようなものだ。

愛しい二人の息子ながら、かくなるうえは忠輝を後援しなければならない。そのためには家康の肉体を惹きつけ、繋ぎとめる必要がある。お久の愛は、家康に対してではなく、息子忠輝へのものである。

にもかかわらず、困ったことに忠輝は、母の心に逆らい、出生の秘密に迫ってきたのである。

㈣

茶阿の第二子松千代が亡くなったとき、辰千代を長沢松平の跡に——と言い出したのは家康ではない。

辰千代を栃木に送った本多正信である。この時とばかりに、正信が家康に説いて辰千代を深谷へ封じた。

正信がそういう説得をしなかったら、あるいは忠輝はそのまま打ち忘れられたかもしれない。そういう意味で、正信は茶阿母子にとって有難い人物である。

家康の重臣正信が、捨てよと言われ辰千代を、栃木あたりまで出向いて養育先を見つけたのは、辰千代のためというより、家康のためだった。

男子ならば、いつの日か徳川の石垣になるという判断である。

辰千代が十一歳になった年、直ぐの兄信吉《のぶよし》が、下総佐倉から常陸水戸に転じた。この後釜に誰を据えようかということになった。そのとき既に、深谷を継いでいる辰千代をと言い出したのも正信だった。

辰千代は今や歴とした徳川一門、長沢松平の当主なのだ。

辰千代出生時から面倒をみてきた正信は、辰千代の生育には関心を持ち、傅役の山尾信久から栃木での風聞もとらえていた。

噂によれば、奇っ怪な面相と、手に負えない暴れん坊という評判である。

(鬼っ子か)

正信の期待がふくらんだ。

この時世、まだまだ戦さは必要である。そういうとき、青白い少年では困るのだ。暴れ馬は馴らすことはできても、おとなしい馬を悍馬《かんば》に仕立てることは難しい。

「上様、深谷の辰千代君を佐倉に」

「辰千代? なんじゃ辰千代とは」

たしかに家康は辰千代のことなど忘れていた。いや、頭のどこにも存在していなかった。

「茶阿局様のお子にござります。上様にとっては六男」

家康は暫《しばら》く返事をしなかった。たしかに茶阿が江戸城で男子を産んだ。しかしその子は見ただけで自分の子だとは思えなかった。

浜松で下働きをしていたゆえ、何があったかわからない。

そんな思いが掠《かす》めた。途端「捨てよ」ということばが口を衝いた。

以来、そんな子の行方も知らなければ、どこでどう育ったか関心もなかった。

その子が松千代の跡を継いで、長沢松平の深谷にいるという。その子を正信から「六男」と言われたのである。

「どんな子じゃ」

「行く末頼もしいお子にござります。ですからこの際、下総佐倉をお与えになられましては。そしてこれを機会に、江戸城で引見なされましては」

（塩漬けのうまい正信じゃわ）

家康は思わず頬をゆるめた。

「捨て石をうまく使うのう」

「はい。どんな石でも石垣になりましょう」

「うむ、石垣のう」

そういえば武田信玄は「人は石垣」と言ったものだ。

そこで正信の進言どおり、深谷から佐倉を与え、それを機に元服して松平上総介忠輝となった辰千代と、家康との初対面となったわけである。

しかし、家康には全く期待がなかった。正信の進言に応じたぐらいの気持ちである。だから茶阿には対面のことも明かさなかった。

ただ、家康は辰千代改め忠輝に、どうしても訊かねばならぬことがあった。「上総介」の名乗りである。

上総介が信長の名乗りと知って、あやかったのかどうかということだ。

長男信康を、甲斐密通をたてに、信長から詰腹《つめばら》を切らされた怨みは、終生家康の胸中から消えることはない。

それを知ってか知らずか「上総介」である。若い本人は知らずとも、養父皆川広照や傅役たちは一体何と心得るかそのことも訊問する必要がある。

そして慶長七年（一六〇二）十二月、江戸城西の丸で面謁した。

十一歳と聞いていたが、初めて見る忠輝は十五、六歳にも見えた。口上の声も太く、濃い眉に威嚇するような丸い目、小鼻の座った下の唇は引き結んで厚い。少年とは見えぬ男の風貌である。それも野戦を経てきたような荒い相貌で、一種の凜気さえ感じられる。

（信康に似ているではないか）

一瞬、そう見えた。いやそう思った。なかなかの面構えである。

その忠輝から、辰千代という幼名や何番目の息子だったとか、また、養育先などを訊かれ、正直なところ立ち往生の体《てい》になってしまった。どれもこれも覚えのないことばかりだ。

それを怖《お》めず臆《おく》せず攻撃するように迫ってくる。そこでやおら「上総介」の名乗りを改めよと命ずれば、何ゆえ――と反発する。養父《ちち》に訊いてみよと言えば、父上は上様と言い返した。

それではこちらの敗けである。そこまでじゃと、家康は忠輝の前から逃げるようにして退出してしまった。

（想《おもっ》たより賢い荒武者じゃわ）

昨年生まれたばかりの九男は別として、現在いるのは五男である。それぞれの息子を比べてみると、関ヶ原合戦後、越前に封じた次男秀康と並ぶ猛者《もさ》となろう。かくなるうえは、正信の言うように、石垣として徳川家門の中に加えたがよかろう。これが対面後の家康の実感であった。

ただ気になるのは、反発、反骨の姿勢である。

それを懐柔するのは簡単である。即ち封土の加増である。そこで慶長八年（一六〇三）家康の征夷大将軍就任の後、忠輝に異例の大栄進、川中島十四万石を与えた。

(これで奴もおとなしくなろう)

後は生母茶阿から、よくよく徳川への忠勤を言い聞かせることだ。

茶阿も、忠輝の処遇が思ったより以上の成果をあげたことを欣《よろこ》び、晴れて母子の対面を果たし、家康の意に添うよう言い聞かせるつもりであった。

ところが忠輝の反発は尋常ではなかった。茶阿を母とは呼ばず、家康を父ではないかの如き口ぶりだった。

(あの子は行く末、上様の勘気に触れるやもしれぬ……)

漠然とではあるが、そんな予感がした。

どんなことが起ころうと、忠輝の楯になってやらねば——。

茶阿の悲壮な母心である。

第四章❖秀　康

㈠

江戸浅草の町筋を、三人の若者が肩で風を切って行く。歩きぶりからみて、徘徊《はいかい》ではなく目的地へ向っていくようだ。先頭を行くのは髪を無造作に束ねた忠輝、従うのは七郎太と三郎である。

その足の速さに、人はすれ違いざま風を感じて思わず立ち止まり、また振り返る。

三人が吸い込まれた先は、浅草のとある施療院、といっても、ただの小さな小屋である。

「ああ、これはカズサノスケサマ」

笑顔で迎えたのは目の青い紅毛人である。茶褐色の縮れ毛に赤い顔、しかし体軀《たいく》は堂々として日本人を圧倒する。名はソテーロ、スペイン出身のフランシスコ会の宣教師である。

忠輝がキリシタン・バテレンの説教を聞いたのは江戸へ出てきてからである。下野《しもつけ》の栃木育ち、それから深谷、佐倉へと移ったが、その間紅毛人など見ることはなかった。

ところが川中島藩の江戸屋敷に住むようになってから、江戸市中を徘徊するようになり、いろんな所を覗《のぞ》いたり立ち廻ったが、忠輝の興味をそそったのは異人であった。

なにしろ目が青いこと、これは驚異だ。そんなガラス玉のような目で見えるのかと訊いてみたいくらいだ。

それに髪の色、髪とはすべからく黒いものという固定観念があった。それが赤茶から金褐色、灰茶と様々である。しかも日本人のそれのように直毛ではなく、縮れて短い。

そのうえ、日本人を凌《しの》ぐ体躯《たいく》の大きさに圧倒される。鷲鼻の赤顔の偉丈夫が、訳のわからぬことばでまくしたてる様は、まさに人々が言う「鬼」である。

「江戸には鬼が出没する」

栃木の頃、乳母や村の童たちからそんなことを聞かされたものだ。

「鬼」という概念は、まさに異人の様相と同じだったが、「鬼」が人に害をなすという点では異なっていた。

ともかく忠輝が江戸の町中の一角で見た異人は、懸命に何かを説いていた。

たしかに「鬼」と評されても仕方がないほど雲衝く体軀である。それが目を光らせ、口角泡を飛ばして身振り手振りで何かを一生懸命語っている。

殆《ほと》んどが異人語なためよくわからないが、時折耳に残ることばは「カミサマ」「イエス」「キリスト」「シアワセ」「シンジマショウ」というものだ。

つまりこの大男の異人は、人に害を与えるものではなく、心の問題を説いているようだ。

それればかりではない。ある日忠輝は浅草の小屋で、異人が病人の治療をしているところを見た。

はじめ町人たちは、異人が怪我人や病気の治療をすることを気味悪がった。

「何をされるかわかったもんじゃねえ」

「何しろ鬼じゃからな。後には喰い殺されるかもしれぬ」

「奴らはそんな鬼に、よう治療《み》てもらうもんじゃ」

そんな風に言い交したものだった。だから小屋へ担ぎ込まれたり、出向く者はすべからく貧乏人ばかりだった。

ところがその貧乏人が、いつのまにか傷を癒し、いい薬を貰ったといって早くに回復する。それも人によっては無料だというから驚いた。

「へえー、ほんとにほんとに只《ただ》じゃったのか」

医者に金がかかるというのは、今も昔も変わらない。だから無理をして民間療法とやらの煎じ薬や呪《まじな》いに頼り、つまるところは高《こう》じて長びく。

ところが異人の治療と薬は効果覿面《てきめん》である。しかも廉《やす》く、人によっては無料だというから見方が変わった。信頼と敬意である。

勿論その中の一人に忠輝もまじっていた。小屋の粗末な戸を開けて入ってきた忠輝を紹介したのは、町奴《やっこ》の通称重《じゅう》さんと言われる男だった。

重さんの本名もわからず、どこの旗本に属するのかもわからない。しかし、重さんなる男が、葵紋の忠輝を、川中島藩主と知ってのことのようだ。

そのとき町奴の重さんは、川中島藩主とか、松平云々ということを省略した。異人にそんな仰々しい肩書きは不要だと思ったからだろう。

「上総介様です」

「カズサノスケサマですか。ワタクシ、スペインのキリシタン・バテレン、ソテーロです」

これが忠輝の、異人との初接触だった。

「上総介です」

それから後のことばが詰まった。なにしろことばの通じない相手である。

しかしソテーロはこのとき、ことばこそ通じないが、大小を帯びた忠輝の風貌に、庶民でないものを察知したようだ。

「イリョウニ、キョウミアリマスカ」

忠輝は頷いた。

「余も学びたい」

「ヨモ、マナビタイ?」

ソテーロは傍らの日本人通訳に顔を向けた。

「先生のイリョウを、修行したいと言っております」

「アア、ソレハアリガタイコトデス。シュギョウシテクダサイ」

ということは、その前に南蛮語を習得しなければならない。

その日、屋敷にもどったものの、スペインの所在さえわからぬ始末である。そこで結局ソテーロの宿所に出かけていかなければならなくなった。

「オオ、コレハ、カズサノスケサマ、ヨーコソ、オイデクダサレマシタ」

赤茶に縮れた髪に青い目で見つめられると、さすがの忠輝も含羞《はにか》んだ。年齢はわからないが、この大男の全身から発する温度は、信久や養父広照、いや、家康とは比較にならぬものがある。

「スペインとはどこですか」

するとソテーロは部屋の一隅から一基の小さな地球儀を取りだした。

「これ、何ですか?」

「これは世界の国々をあらわした丸い地図です」

そう言ったのは通訳である。

「世界はこんな丸い形をしているのですか」

「ソウデス。ソシテホレ、ココガワタクシノ国、スペインデス。ソレカラココガ日本。日本トスペインハコンナニ遠ク離レテイマス」

「それでもそんな遠い国から日本へやってきて、伝道と医療を行なっておられるのです」

それから後日わかったことは、ソテーロはセビリヤ市参事会員の次男で、サマランカ大学在学中にフランシスコ会の修道士となり、東洋布教を志して慶長四年（一五九九）スペインを出帆、メキシコを経てフィリピンに到着した。

　フィリピンではマニラで日本語を学びながら、日本布教の準備を整え来日したということだ。当年、二十九歳の男盛りである。

「ソテーロ様」

　忠輝はいつのまにかそう呼んだ。

「ソテーロサマ？　イケマセン」

　ソテーロは両手と首を振って「サマ」という呼び方を拒んだ。しかし忠輝はソテーロ様という呼び方を変えなかった。

　忠輝の生涯の出会いで、純粋に忠輝の心を動かしたのは、この紅毛人宣教師ソテーロではなかったろうか。

　ともかく忠輝の視野がこのソテーロによって拡大したことは確かだ。

（いつか自分もソテーロ様のように、日本の外に出てみたい）

　と同時に、忠輝がキリシタンへの理解を身につける端緒ともなったのである。

　久しぶりに長安が江戸屋敷に現われた。藩主に代わって、川中島で実施してきた民政の十ヶ条を持参してきたのである。

「ご苦労であった」

とねぎらうと、

「これから暫《しばら》く川中島を離れまする」

と言いだした。

「離れる？」

「行かねばならぬ所がござりますれば」

「ということは、もしかして大坂……」

「いや、上様のお指図で石見《いわみ》の鉱山《やま》の方に――ですから暫くは戻れぬと存じます」

長安が武田にいた頃、黒川金山の採掘に関わったと聞いていたが、今度は石見銀山に赴くことになったようだ。

それにもう一つは、江戸から松代に三九郎がやってくるというのに、付け家老が舅《しゅうと》面をしていてはと、自ら家康に申し出たようだ。

「ところで殿」

長安は楽しげな目をした。

「なんじゃ」

「聞くところによりますと、殿の南蛮語はかなり上達なされましたようで。それのみか、浅草のソテーロの小屋で、身分を問わぬ治療のお手伝いまでされておられるとか」

「ソテーロとは不遜な。ソテーロ様と言わぬか」

「おお、これは恐れ入りましてござります」

長安はまるでわが子の成長に目を細めるように満足した。

「余は恥ずかしいことに、スペインやポルトガルさえ知らなかった。それをあそこで丸い球の地図を見せられて教えられたわ。しかし、異人は大したもんじゃ。あんな遠い海の果てから船でやってきて、異国の貧しい者たちを救うているではないか。

バテレンたちの精神に余は目が醒めたような面持ちじゃ」

「そのおことばを聞いて、爺は安心して石見《いわみ》へ行きまする。今度お会いするときは、もっと大きなお話を聞かせていただけましょう。恐れながら私奴も、殿に大きな土産話を持参できるはずでござります」

そう言って出て行った長安である。

（やっぱり長安じゃ）

家康とほぼ似た年齢の老爺だというのに、行動力といい発想といいとても老人とは思えない。

片や武家政権の頂点に立つ将軍であり、片や川中島藩の付け家老に過ぎないが、はるかに長安の方に魅力がある。

それに、バテレンへの驚異を、率直に語り、受け止めてくれるのも長安でしかない。

(二)

長安に替わって、三九郎が川中島へ行く日がやってきた。その前日、三九郎はこんなことを言った。

「上様は近いうち、将軍職をお辞めなされまする」

就任してからまだ二年そこそこである。

「誰から聞いた」

「それはまあ……」

多分、茶阿局あたりからの仄聞《そくぶん》でもあろうか。忠輝としては、あの家康が職を辞することはよいことだぐらいにしか思っていない。

ところが将軍職が世襲だということ、そして二代目が秀忠と聞いて忠輝の目の色が変わった。

「大坂はどうなる」

関ヶ原の戦さ以来、東西はいよいよ対立関係を深めている。そこへ幕府の世襲は更に緊張を与えるだろう。

「大坂は豊臣、江戸は徳川にござりまする」

「それではうまくいくまい」

「上様のお考えにござります」

その先に戦さの匂いが感じられる。

「そして二代目が秀忠殿に決まったようで」

「秀康殿がおられるではないか」

「既に越前の宰相殿にござります」

「秀康殿は、長兄信康殿に次ぐ人と聞いていたが……」

「それでも越前殿（秀康）は、ご幼少の折、大坂にいかれましたゆえ」

大坂にいかれたとは、家康の質子《ちし》となって秀吉の許に送られたことである。

「うむ。余とよく似た境涯の兄上じゃ」

忠輝に似ている境涯とは、その懐妊からして喜ばれず、浜松城から遠ざけられ、誕生にも家康は出かけず、そのまま打ち捨てられたことである。天正二年（一五七四）二月であった。

天正二年といえば、家康は岡崎から浜松に移り、信長に従軍して、甲斐・越前・近江と転戦していた頃である。

そのとき秀康は、浜松城ならぬ遠州宇布見《うぶみ》村の中村源右衛門方で呱呱《ここ》の声をあげた。なにゆえそんなところで生まれたのか、それは母のまんという女性に問題があった。

家康の正室は築山殿《つきやま》（瀬名《せな》）という。彼女は東海の雄、今川義元の姪で、家康が幼少時から岡崎の質子として駿府の今川館に養われた経緯から、義元の命令で政略結婚させられた。

ところが永禄三年（一五六〇）桶狭間の戦いを契機に、家康は岡崎へ還り、以降信長と同盟して三河から遠州へと力を伸ばしていった。

気位の高い瀬名は、岡崎城郭の北の築山に別館を構えたことから、築山殿と呼ばれるようになった。

結婚以来、正室に遠慮し、頑なに一夫一婦を通していた家康だったが、天正元年（一五七三）、西上中の武田信玄と対峙し、駿河に侵攻した後、浜松から岡崎へもどった。

久しぶりに妻瀬名の白い躰を思い出しながら湯殿に入ると、白衣をまとった若い女が家康の躰を流しながら、疲れを癒やしてくれた。

そのとき衝動を覚えた家康は、湯殿に女を倒した。つまり一つときの欲情だったのだ。

ところが時間がたってくると、思いがけない結果となって表われた。女の懐妊である。

名も知らなければ、愛を覚えた女でもない。ただ湯殿での劣情に過ぎなかったのだ。

しかし、それが簡単におさまらない仕儀となった。女の名はまん、それも築山殿の侍女だったのだ。

ほうほうの態《てい》で浜松へやってきた家康の耳に、なんとまんが、半裸で築山殿の折檻を受けたという報《しら》せが届いた。

家康は慌てて側近に指図し、まんを岡崎から遠州宇布見《うぶみ》に移した。まんの出自は三河地鯉鮒《ちりふ》の神職、永見藤右衛門の娘である。

まんの身柄が宇布見の中村源右衛門宅に移されたのは、まんの伯母が中村源右衛門に嫁していたからだ。

ともかくそうして月満ち、二月、まんは中村宅で分娩した。男児であった。

しかし家康は男児出生を喜ばなかった。築山殿への思惑と、湯殿での劣情にも自虐があった。だから敢えて新生児の顔を見にいこうともしなかった。

しかし、側近としては放置できず、宇布見に出かけ、まんと赤児に対面した。その赤児のことを家康に報ずると、

「なんじゃと、ギギに似ておるとか」

ギギとは湖沼や川に棲《す》む魚で、ナマズとドジョウの合の子のような面である。ギーギーと鳴くことでこの名が起こったようだ。

側近の本多作左衛門としては、座を和らげるための愛嬌のつもりだった。ところが家康は、

「そのギギじゃ、その子の名をギギといたせ」

と席を立ってしまった。

作左はじめ近習たちは思わず顔を見合わせた。

「なんという次第じゃ」

しかし、家康としてはばつが悪かったのだ。そこで作左らが知恵をしぼり、ともかく「ギ」という音をもって「於義丸《おぎ》」という文字を記《したた》め、中村源右衛門宅に届けた。

しかし、それから三年たっても五年たっても目通りは許されなかった。

それを信康の計らいで、どうやら初対面を果たしたのは天正十年（一五八二）、於義丸九歳のときだった。

それでも城にとどめられることはなく、作左衛門が傅役ということで、中村家に養われた。

その於義丸が日の当たる所へ出るようになったのは、羽柴秀吉と戦った小牧・長久手の戦いの戦後処理のときである。

講和の条件として、秀吉から質子を要求された家康は、ここで於義丸の存在を思い出した。ほかに家康の異父弟や、三男長松丸（秀忠）がいたが、出し惜しみ、宇布見にいる於義丸を差し出すことにした。家康としてはまことに都合のいい手駒だった。

しかし、大坂へ送られた十一歳の於義丸は、秀吉から愛され、烏帽子《えぼし》親となった秀吉から、秀吉と家康の一字を貰い「秀康」と改めた。

だから秀康にとって温《ぬく》い父は、実父家康ではなく、養父秀吉だったのだ。

その秀吉に天正十七年（一五八九）鶴松が生まれたため、翌十八年、結城《ゆうき》晴朝の請により、大坂から下総結城氏の養子となった。

既に十六歳になっていた秀康は、その措置を十分理解した。秀吉に実子が生まれた以上、自分の身の振り方も考えねばならず、関東の名門結城の嗣子となることに不満はなかった。

ところが慶長三年（一五九八）秀吉が死に、同五年関ヶ原の合戦となった。

このとき秀康は関東結城氏の立場から東軍に付くことになった。しかし、十一歳から六年という最も多感な少年期を大坂で過ごし、その間、秀吉の愛を得た秀康にとって、東西相討つ関ヶ原の戦いは苦しいものであった。

しかし、秀康は秀忠の所属部将として従軍し、宇都宮で上杉景勝の西上を見事に阻止して戦功をあげた。

それに対して、中山道経由で西上を命ぜられた秀忠は、小諸での上田城攻撃に手こずり、無駄な時間を浪費しただけで、結局徳川家の存亡をかけた関ヶ原の決戦に間に合わなかったという失態をおかした。

「そんな秀忠殿が何ゆえに……」

「なぜか上様は、長い間世嗣のことをお決めになりませんでした。それを、関ヶ原合戦の後、重臣方に諮問され、決定なされたのでございます」

「そのとき当然秀康殿のことは問題になったろう」

「はい、井伊（直政）・本多（忠勝）・榊原（康政）・本多（正信）・大久保（忠隣）殿らから意見を求められたようです。そこで秀康殿の智略、武勇をあげ、世子の順を強く推されたのは本多正信殿でした」

そんな正信の推挽を斥《しりぞ》けたのは、秀忠を推した大久保忠隣だった。

（本人の能力より、母御に問題があったからだろう）

三九郎から言われずとも、そんなことはわかっている。

要は母の出自が問われているのだ。

家康からその出生さえ疎《うと》まれ、母子ともに日陰で育った兄秀康に、忠輝は己が出生の怨みも重ねた。

「秀康殿は、さぞ不本意、無念であろうなあ」

「それを口にされてはなりませぬ」

三九郎は囁《ささや》くようにした。

「何故じゃ」

「上様のご裁定に、たとえ家門であろうと、異を唱えてはなりません。家門なればこそなりませぬ」

「わかった、わかっておる。したが口には出さぬが、そんな秀康殿が慕わしい」

「それもおっしゃってはなりませぬ」

「うるさいぞ。いちいちならぬならぬと言うな」

「どんなにお怒りを受けてもお止めいたしまする。もう殿は子どもではありませぬゆえ、おっしゃることが全て江戸に通ずると思召してくだされ。ここにも現に江戸からの密偵が入っております」

「子を疑って何とする」

「子と言われましても、家門は最も身近な敵になりまする」

「……」

「殿にはご兄弟が沢山おられますが、皆々ご兄弟として親しゅうござりますか」

そう言われればその通りだ。長兄信康は、忠輝の生まれる十三年前に詰腹を切らされ、次兄秀康の顔も実は知らない。知っているのは三兄秀忠だけで、四兄忠吉とは会ったこともなければ、五兄信吉は昨年二十一歳で亡くなった。

兄弟といってもこれでは他人の如きもの、その兄たちと、自分の禄を比べて異を唱えるのもおかしなことではある。

まして自分は、家康の子でないとさえ思っているのだ。そんな自分に川中島十四万石が与えられた。

（われらは徳川覇権の出城の駒じゃ）

その一人が秀康だが、その秀康は遥か北陸の越前、北ノ庄である。

㈢

それから三年たった慶長十二年（一六〇七）の春、忠輝を驚倒させる報せが入ってきた。

忠輝が密かに敬愛する唯一の兄、秀康の訃報がもたらされてきたのである。

「何ゆえのご他界じゃ、越前家へ走って聞いてまいれ」

「は、はっ」

と家老山田出雲守は退《さ》がったが、それから何の報告もない。

「どうした！　確と越前家に訊きに行ったか」

「はっ、ご嫡子忠直君ほか家老たちは皆々北ノ庄に走られ、江戸屋敷はもぬけの殻同様、留守居衆に訊いても首を傾げるばかりにて」

と言い訳のみである。

（さもあろう）

その様子では取りつく島もなさそうだ。

（三九郎なら何と言う）

こうなると三九郎の不在が残念である。

それから苛々《いらいら》する日が三日つづいた。こんなことなら、いっそ北ノ庄へ走ってみようか、それとも川中島へ走ろうかと思っていると、三九郎が突然戻ってきた。汗を浮かばせ髪を乱しているところをみると、余程懸命に馬駆けをしてきたのだ。その三九郎が忠輝の姿を見るなり、

「ああ、間に合いましたなあ」

と額の汗を拭いながら息を整えた。

「ようきてくれた。余はいよいよ北ノ庄かおぬしの所へ走ろうかと思っていたところじゃった」

三九郎としては、前後も考えず暴走する忠輝を心配してやってきたのだ。

「兄上が、秀康殿が亡くなられた。余にはどうしても病気とは考えられぬ。そこでこの眼で確かめようと、北ノ庄へ走ってみようと考えていた」

「はっ、多分そんなことではないかと案じて参りました。したが殿、それはなりませぬ」

と三九郎は目を尖らせた。

「何故じゃ」

「殿はせめてお亡骸《なきがら》にでもというところでしょうが、もう幾日も経っておりますれば、それも叶いませぬ。それにご急死の理由をお訊《たず》ねあっても、『ご病気』とただそれだけで済まされましょう。異常なことがあればあるほど、家中はそれを面目をかけて秘するものでござります。まして殿のようなご舎弟がいかれたら、尚緊張いたしましょう」

「それなら黙っていろというのか。おぬし、秀康殿の死の真相を知りたいとは思わぬか」

忠輝の目が怒っている。

「それには時間がかかりましょう。いずれ必ず洩れてくるものでござります」

「そんな呑気《のんき》なことを言っていられるか。余はどうしても北ノ庄へ行く」

忠輝は部屋をぐるぐる歩きだした。

「まるで子どものように急《せ》かれて。そのようなご短慮で、何がわかるというものでございましょう」

こういうときの三九郎は、まるで水のように冷静である。

「ではおぬし、何のためにやってきた」

「そのために急いで参りました」

「そのためとは？」

「殿や私奴の代わりに、飄太《ひょうた》と申す者を北ノ庄に走らせまする」

飄太とは、長安の配下にいる伊賀者である。本来なら長安の石見行きに同道するはずが、都合により三九郎の許に残った。

「飄太なら必ずや真相を摑んで参りましょう」

「そんなに秀《すぐ》れ者か」

「ハハハ……秀れ者とはいやはや。忍びはそういうことをもってするのが仕事。まあ、彼《あれ》を北ノ庄へ送りましょう。そして秀康殿のことと、北ノ庄の評判を確と見聞させまする」

そして、その日のうちに三九郎は川中島へ引き返していった。

秀康が越前六十八万石を家康から与えられたのは、関ヶ原合戦の恩賞である。そして翌慶長六年（一六〇一）越前に入国した。五歳下の弟秀忠が世嗣となり、江戸から遠く離れた越前にと沙汰されたとき、正直言って無念であった。

この差別は、何も今に始まったことではなく、幼時から付きまとった。ともかく家康の側に置かれることなく、遠隔に離されて利用される運命であった。

それをしみじみと肝に銘じながら北ノ庄に入った秀康は、九月から築城に着手した。城の規模は大きく、江戸城を凌《しの》ぐほどのものであった。

秀康の頭にあったのは、少年時代を過ごした秀吉の大坂城である。大坂を懐かしみ、あの城に近いものを築《つく》ってみたい。それが秀康のせめてもの腹癒《い》せであり慰めであった。

それのみか、慶長六年から五年の年月を費やしての築城に、多大の費用を幕府に要求もした。

大体、大名の築城に幕府が費用をみるなどということはないが、秀康は敢えてそれを要求し、大いに幕府のひんしゅくを買ったが、それを承知の要求だった。

そればかりではない。秀康が北ノ庄に召し抱えた家臣たちのことである。多くの浪人、それも石田三成、小西行長、宇喜多秀家、大谷吉継ら西軍の中心だった大名たちの旧家臣たちで、五百名を越えていた。

更に、真田昌幸・幸村父子と便りをかわし、大坂の秀頼にも折々越前の物産を携えて参上、目通りもしていた。

真田父子とは、関ヶ原の戦さに向かった秀忠を、上田に釘付けにした雄将で、父子は戦後、領地を没収されて紀州高野山の麓に隠棲している。

そうした動きが、逐一北ノ庄城に潜入している忍びによって家康に報じられていた。

家康や幕閣が何を憂慮し、何を考えたか、それは言わずもがなのことである。

(やっぱり兄上は消されたか)

信康に次ぐ二人目である。信康は、信長の嫌がらせだったとはいえ、何も殺されなくとも命を繋ぐ方法はほかにあったはずだ。

にもかかわらず、自裁の道をとらせたのは、信長を怖れたと同時に、己が徳川の命運を優先させたためである。

そして次なる秀康も、子どもの頃から徳川のために使われ、世嗣の順も違えられ

伸

て、北ノ庄に隔てられた。そうした秀康の抵抗を寛赦しなかったということだ。

(飄太の帰りが待たれるわ)

それから一カ月半がたち、新緑の季節となった。焦々《いらいら》し、落ち着かぬ日がつづいたところへ、ようようそれらしき者が現われた。

「飄太と申しまする。殿には初めてのお目通りでござりまするが、本来なら、長安殿について石見にいるところでござりました」

年の頃は四十半ばであろうか。濃い眉に鋭い眼差しは、この種の人間の持つ雰囲気であろう。それに細身で、身のこなしが軽い。

「花井遠江守から指令を受け、越前は北ノ庄に参り、只今立ち戻りましてござります」

「待ったぞ。随分と手間がかかったな」

「はっ、北ノ庄は出入り等の取り締まりがなかなか厳しゅうござりました」

「うーむ」

「この種の話は、誰から聞けるなどというものではござりませぬ。ですから忠直殿の耳にも入らぬと存じます」

「つまり、闇から闇、ということじゃな」

「はい」

「それをどうしてそちは」

飄太は一寸目をはずしながら考えるような表情をした。

「たしかに箝口令《かんこう》は出ていますが、時間がたてば上手に洩れてくるものでござります。手間がかかるとは、そういうことでござります」

「ううむ」

「それに越前家の家臣は、ご存知のように一枚岩ではござりませぬ。まして反徳川の面々も多数いるとなりますと、城下の町なかに、少しずつ流れ出るものにござります」

「なるほど」

「はじめはご病気を側女《おんな》から――と囁かれていました。側女は、もしかしたら江戸か駿府あたりから送り込まれた性病《やまい》持ちの女ではなかったかと。したが、今はそれを治す薬もござりますれば、にわかには信じ難く……」

「それで？」

畳み掛けるように訊く忠輝に、飄太は恐るべきことを口にした。

昨慶長十一年（一六〇六）夏、秀康は禁裏普請の総督を命ぜられ上洛することになった。禁裏普請とは、秀忠の将軍宣下の返礼として、禁中の建物や塀の築造、修理を行うものである。

しかし越前家としては慶長六年以来、北ノ庄築城や江戸城普請の賦課、それにつづく禁裏普請総督で莫大な出費の連続である。

「遠慮させていただこう」

筆頭家老本多伊豆守富正はじめ、重臣たちは衆議一決していた。それを覆したのは秀康本人であった。

「殿、これでは台所が持ちませぬ」

富正が憂慮しているのは、出費による幕府の越前家に対する締め付けである。にもかかわらず、秀康は禁裏普請総督を受けて上洛した。若き日を、京・大坂で過ごした秀康にとって、京は懐かしい所だからだろう。

豊臣秀頼とも親しく、慶長八年には、家康の要請をうけて、秀忠の長女千姫を秀頼に入輿させる仲介まで果たしたくらいである。

そこで人足数百名を送り出した後、秀康は上機嫌で上洛の途についた。秀これが家康・秀忠の大いなる陥穽《かんせい》であろうとはつゆ知らぬ秀康だった。

それから五カ月間、京は夏から秋、そして冬へと季節を変え、その間、秀康は折々京を離れて大坂城を訪れていた。

そんな秀康から目を離さない男がいた。家康の放った腹心、服部半蔵である。鬼半蔵の異名を持つ服部正成は、伊賀同心の支配者で、家康十六将の一人。三方ガ原の合戦で軍功をあげている。

家康と一つ違いの半蔵は、禁裏普請に、幕府目付けを自ら申し出た。

六十三歳の半蔵の任務は、家康の秘命である。しかし、〝そちに任せる〟では困ったものだ。たとえどんなに危く、愛せぬ男であろうと、息子なのだ。その息子を本気で殺《や》れと思っておられるのだろうか。

（しかし、信康様の例がある）

あの時も家康が優先したのは、息子への愛ではなく、徳川家の存続だった。

そして今度の嫌疑は、秀康の大坂との密携である。夏から数えて四回、秀康は大坂城を訪ねている。そこで秀頼や淀殿と、どんな誼《よしみ》を通じたか、そこまで探ることはできなかったが、四回という数は少なくない。

ということは、いざ徳川の大坂攻めというとき、秀康がどんな対応をするかということだ。

半蔵は迷い、懊悩《おうのう》し、逡巡をくり返した挙句、結論を得た。戦さがどうあれ、長い目で見れば、やはり秀康は江戸の浮腫《ふしゅ》である。ならば除かねばならぬだろう。

大坂から戻ってきた秀康に、半蔵は声をかけた。

「少々お疲れの気味と見えますが……」

「ああ、雨の中を急いで戻ってきたからなあ」

秀康はこの老人が駿府から遣わされてきていることを知っている。それに半蔵だということもわかっている。

「役目とはいえ、老体で無理をするのう」

何もその年でわざわざ京の現場までくることはないのだ。

「はあ、それでこうして精力回復の薬を持参いたしております」

と半蔵は、懐から紙の袋をとり出し、黒い丸薬をころころと掌に転がすと、数粒を口中に放りこんだ。そして腰に提げた竹筒の水で嚥下《えんげ》した。

「私奴の年になりまするど、こうして折々これをやりませんと、体が保《も》ちませせぬ」

「そんなに利《き》くのか」

「まあ、私奴をいかようにご覧なされまするか」

つまり六十三歳にしてなお矍鑠《かくしゃく》とした半蔵である。

「大御所様にも折々差し上げておりまする」

このことばが秀康の気持ちを動かした。

「そのようによいものなら余にも少々都合いたせ」

「はっ、それではここにありますものをまず」

と半蔵は自分が嚥下した丸薬の袋を秀康に差し出した。

めでたく工事を終えた秀康に、越前への帰路、彦根城に一服をと申し出たのは井伊直政であった。

彦根城で体を休め、明くる日は小春日和であった。彦根から木ノ本を経て栃ノ木峠にさしかかった頃、一行は突然覆面黒装束の男数人にとり囲まれた。

しかし、そこは手足《だ》れの秀康、自らも太刀を振い、黒装束たちを四散させた。

「殿、いずれの手の者にござりましょう」

口々に訊く供廻りに、

「蠅じゃ、蠅。どこにでもおるわ」

と秀康は敢えて口にしなかったが、直政への疑いを消すことはできなかった。

井伊がそのような罠と殺しを仕掛けるということは――

(まさか……)

一瞬家康の顔が過《よぎ》った。しかしそれを次は打ち消した。

北ノ庄にもどると、慌しく師走が終わり、慶長十二年(一六〇七)の正月を迎えた。ところが松の内を過ぎた頃から体調が悪くなった。ふいと半蔵の薬を思い出した。

しかし、体は回復するどころかますます倦怠感を強め、横になるようになった。

その頃である。本多富正から半蔵の訃報を知らされたのは。

「半蔵殿も、京の疲れがこたえたのでござりましょうか」

秀康は愕然として布団を撥ねた。

「富正、余は計られたようじゃ」

「計られたとはどういうことでござりまする」

「半蔵奴にしてやられたわ」

伊賀者半蔵の死が何を意味するか、富正はここで秀康の病因を知らされた。

今からあらゆる解毒の手を打っても、遅きに失したようだ。そうなれば医療の限りを尽くさなければならない。

それから三カ月間、一進一退をつづけながらも、確実に死は迫っていた。

枕頭に侍した重臣を前に、秀康は、

「まさか父《おや》が、ここまで子を疎むとは……。無念じゃ」

と言い置いた。そして四月八日午《うま》の刻（正午頃）吊りあげた目を天井に放ち、口から泡を噴くようにして形相もすさまじく、三十四歳の息を引きとった。

（この怨み、忠直に引き継がせよ――）

第五章❖花井三九郎

(一)

この年(慶長十四年=一六〇九)の残暑はことのほか厳しく、夏の倦怠感を引きずっていた。

ここ駿府城の戸という戸を開け放ち、安倍《あべ》川の川風を入れているが、額にじっとりと汗が滲む。

そんなとき、表御座では大御所家康の前で、一つの対決が行われようとしていた。

対決を行う人物は、花井三九郎に対して、山田長門守・松平讃岐守・皆川広照と一対三である。

対決の中味は、駿府城に差し出された一通の直訴である。直訴については家康が必ず目を通しているが、今度は驚いたと同時に魂消《たまげ》た。川中島藩筆頭家老・花井三九郎を訴えるもので、訴人は先の三人である。

内容は花井三九郎が藩主忠輝に取り入り、藩政をおろそかにしているというもので、訴人は先の三人の名を連ねていた。

藩内の揉め事は、家老たちの責任である。それを鎮静もせず、いきなり幕府をさしおいて、駿府直訴とは由々しいことである。

それも三人がつるんで花井三九郎弾劾とは何やら裏が見えてくる。大体、三九郎に落度らしきものは聞こえてきていないのだ。

「いかが取り計らいましょうか」

本多正純は眉をひそめた。この年四十四歳の正純は、正信の息子である。家康の信任を得ている本多父子は、家康が大御所として駿府に移ってからは、江戸城の秀忠の許に正信が残り、正純は家康の側近として駿府に在った。

正純はこの取り扱いに苦慮した。何しろ事は家康六男、徳川家門の内訌である。内訌それ自体は決して珍しいことではないが、直接駿府への直訴である。

「三九郎と三人を対決させよ」

六十八歳の家康は、たるんだ頰にまで汗を浮かせて吐き捨てるように言った。

「駿府《ここ》でございまするか」

「そうじゃ。余の前でやらせるのじゃ」

この時期、家康の面前で川中島藩の内訌を対決させるとは思いきった措置である。

直ちに江戸と信濃に出頭命令が飛び、件《くだん》の四人がやってきた。

家康は自室で手許の団扇《うちわ》を手にしながら、残暑を照り返している庭木に目をやっていた。

（忠輝――）

七年前の忠輝の顔を思い出した。十一歳にしては一人前の体軀、それにやや切れ上がった眼尻の威嚇するような眼光、引き結んだぶ厚い唇から、見るからに末頼もしい若者であった。

そうだ、あの若僧に、信康の面影を見たものだ。それに彼《あれ》は「上総介」を名乗っていた。それを捨てよと言っても、素直ではなかった。

（彼《あれ》は今もって上総介を変えてはおらぬ）

あの面構えからみて、素直ではないがそれもよかろう。

たしかに誕生早々に「捨てよ」と言って捨てた子である。以来久しく忘れてしまった子だった。

それがいつのまにやら長沢松平を継ぎ、佐倉四万石の謝礼に江戸城で対面した。

そのとき実は、息子かどうかの首実検をしたつもりだった。

それで確信を得たわけではないが、あのとき奇しくも信康の面影を見たのはなぜだろう。二十一歳で詰腹を切らせた嫡男信康への慙愧《ざんき》、哀切《あいせつ》を蓄えている家康である。

（どうして信康を思い出させた）

家康は脇息に両肘を預けて庭に目を放った。

顔が似ていたかというと全く似てはいない。信康は亡き妻に似て、端正な美男だった。それに対して忠輝は色黒く野性的だ。それでいて男の凜気が漂っていた。

（そうじゃ、それじゃ）

家康の合点は、二人に共通した凜気であった。信康を失った家康にとって、息子に求めるものはそれである。

秀忠、忠吉、信吉、それに七、八歳の子どもが三人。ところが常陸に封じた信吉を二年前に失い、尾張の忠吉もまた昨年病死させてしまった。

それに次男秀康――。家康は思わず目を閉じた。

こんなに次々と四男五男に死なれるくらいなら、あの秀康を消すことはなかったものを。

あの秀康もまた捨て子だった。碌《ろく》でもない幼名を与えて打ち捨てた秀康を思い出したのは、秀吉へ送る質子《ちし》の必要からだった。

あのとき秀康は確か十一歳、奇しくも忠輝との初対面も十一歳だった。

将軍職を弟に奪われ、関東から北陸に追いやられた秀康にしてみれば、その怨みと憂さ晴しを、北ノ庄築城と大坂に求めたのも無理はない。

(しかし余はそれを最も怖れた)

今にして思えば、最も力となる秀康を、関東に置くべきだった。そしてそれなりの厚遇をしておけば、角を伸ばさせることにはならなかった。

(惜しいことをしてしまった)

天罰と思えばまさに天罰だ。なら、もう一人の捨て子の角を伸ばさせてはならぬ。

そう結論した家康は、膝を叩くと表書院にゆっくりと歩を進めた。

左に花井三九郎、右に山田長門守・松平讃岐守・皆川広照が相向った。

「花井三九郎殿、貴殿は筆頭家老であることをいいことにして、若い忠輝様に取り入り……」

と開口一番山田長門守が口火を切った。弾劾の内容は、三九郎が筆頭家老の立場にありながら、城代家老たちとの合議がなされないこと。つまり独断専行しているというのだ。これでは長沢松平の家老の面目が立たない。

それに仕舞伝授と称して、忠輝を恣《ほしいまま》にし、あたかも衆道関係の如き匂いすら感じられる。更に三九郎は大久保長安とつるみ、家老たちをないがしろにしているというのだ。

その弁舌に長門守は心悸亢進し、額から汗を流して息巻いた。

ところが対する三九郎は極めて冷静、弾劾の内容に淡々と応じ、筆頭家老の職責を忠実に遂行しているとのみ明言した。

こうなると、誰の目にも大人三人が一人の若き家老に喧嘩を売りにきたように見え、藩内の感情的内訌をさらけだしたようなものだ。

三九郎への嫉視と、大久保長安の疎外である。

ただでさえ暑い夏の名残りの表御座の間である。そこで口角泡を飛ばす長門の中傷、弾劾に、聞く側の家康も、訴える側の三人もますます息苦しくなるばかりだ。

その中で一人背筋を伸ばして涼しげに座しているのは三九郎である。

皆川広照はこの成り行きに、熱い汗が冷や汗に変わっていくのを覚えた。

家康の、不快をあらわにした顔を見るだけで、直訴の失敗を意識した。

忠輝を育てた自分が、ここにいるのが間違いだということに気がついた。広照としては、格別忠輝に不満があったわけではない。むしろ忠輝のお陰で飯山四万石を貰ったのだ。

不満は長沢松平の方にあるのだ。彼らが筆頭家老に就《つ》いて、三九郎や長安を排除したいのである。

それに煽《あお》られて、ついこの座に列したことが、今になって悔やまれる。

長門守の弁舌と三九郎の答弁が終わると、家康は手をあげて対決の終わりを告げた。そして座を蹴るようにして立ち去った。

訴えられた三九郎は動揺もなく、まるで舞台から消えるように優雅な足どりで去っていく。

対する長門守は感情の興奮が残っているらしく、顔を赤らめている。

それから双方、城内の一室にそれぞれ引きあげた。

「わあ、暑い、暑い」

着物を脱ぎ捨てるや否や、

「水じゃ、水を所望じゃ」

と長門守は喚《わめ》いた。

「なにしろお手前たちは一言もないゆえ、わしだけの孤軍奮闘になってしまったわ。ああ、疲れた、疲れた」

大の字になったところへ、係りの者が土瓶と湯呑みを運んできた。

「おお、水か」

大の字から起きあがった長門守は、まるで馬か牛のように音をたてて水を呑んだ。そして一息つくと、

「どうしてお手前方は黙しておられた。あれではまるでわしだけの一人芝居で、お手前方は付き人のようではござらぬか」

太り肉《じし》の長門守は恫喝《どうかつ》した。

「あいや暫く。わしらとて長門守殿につづいて弁じようと思っていたが、なにしろ長門守殿の強弁に、わしらは入る余地がござらなんだ。そうでござろう皆川殿」

「ああ、いかにもその通り。長門守の能弁に感じ入り申した。とてもわしらのような田舎者にはああは参りませぬわ」

讃岐守と皆川広照は、感情的にまくしたてる長門守にそうは応じたものの、水の如く静かに受け答えする三九郎との対比に、自信を失ったのだ。

弁論の最中で、二人は負けを意識した。その負けが、どういう結果となって表われるか、そのことに心を捉われている。

そして大の字になっている長門守を尻目に、吐息をついて部屋を出た。

(二)

判決の出るまで、駿府城に足止めになった三九郎と長沢一派の三人は、それぞれの部屋でまんじりともせず日を過ごした。

三九郎は一人静かに書見と庭内の散策に時を稼いだが、長沢一派の三人は頭を寄せ合っているかと思うと、烈しく互いを罵りながら時を過ごした。

そして五日目の朝、武者の一人が双方に対面の座にくるよう触れてきた。

さてはと四人は、それぞれの思いを胸に、衣服を更《あらた》めて座についた。

待つこと暫《しば》し、やがて判決の書状を携えた本多正純が現われた。四人は一斉に頭を下げて全身を耳にした。

「これから川中島藩内訌の直訴による対立の判決下し文を読みあげるが、謹んで受けるよう」

正純の威圧的な声に、

「ははあ」

と四人は一斉にひれ伏した。

「若い藩主を補佐しなければならぬ家老という立場にありながら、私情をもって捏《ねつ》造《ぞう》し、筆頭家老を訴えること甚だもって不届き也。よって判決左の如し」

と、正純は下し状を高々と掲げた。

一、花井遠江守　咎めず

一、山田長門守　切　腹

一、松平讃岐守　改　易

一、皆川広照　改　易

三人は思わず目を疑った。そして正純が出ていく足音も気配も耳に入らなかった。

「長門守殿、しっかりなされ」

松平讃岐守と皆川広照守に体を支えられてもなお、長門守は放心の態である。

たしかに家老職にある者が、藩内をまとめず直訴に及ぶということ自体、あるまじき不謹慎事である。

今にして思えば、家康の愛妾茶阿局の娘婿である三九郎を相手にしたのが愚かであった。

それと長門守は、長沢松平に嵌《は》められたことに気がついた。そもそも長門守と三九郎は義兄弟なのだ。だから三九郎側に付くことはあっても、讃岐守らに付くことがあってはならない。

山田長門守は、義母茶阿局の引きで川中島藩の城代家老という大栄転を得た。茶阿局がいなかったら、とてものことにそんなことは夢にもあり得なかったのだ。

その局から、

「忠輝殿の家老として、力になって欲しい。さすればそなたの未来もあるはずじゃ」

と言われ、

「有難きおことば、身に沁みましてござります。粉骨砕身、忠輝様の御ために働きまする」

と涙を流して茶阿局の前にひれ伏した。

その自分が、誓いと立場も忘れて長沢松平側に付いたのは、彼等から強引に乞われたということもあるが、実は讃岐守から袖の下を貰ってしまったことにある。

「それは受け取れませぬ」

と固辞したものの、生まれてこのかた、目にもしたことのない金額に驚き、長門守の変心が起こった。

そして何度かの密談に加わり、いつのまにかその首謀者になってしまった。そして駿府への訴状も長門守が書き、対決の弁も長門守が行うことになった。

その時点で長門守は、身心ともに三九郎方から離れ、長沢松平側の一味となった。

所詮は三九郎と長安のざん訴が目的で、藩の立て直しなどという高邁なものではない。それを見抜かれた今、まるで掏《すり》、たかりの如き罪人となってしまった。

妻さよから、

「かくなるうえはお局様にお縋《すが》りして」

と泣かれるが、遠州金谷の職人から引き立ててもらった茶阿局に、いくらなんでもその厚顔はできない。

それも忠輝のために動いたというなら言い訳も立つが、茶阿局の娘婿の弾劾の首謀者となったからは、どの面さげて茶阿局に哀願などできよう。

「わしが愚かであった」

どう悔やんでも、今は後の祭りである。妻から泣かれ、流す涙の持って行き場もない。そして切腹したのは十月二十七日であった。

川中島藩の内訌《ないこう》で、駿府直訴による長沢松平派の家老の切腹と改易は、忽ちのうちに評判となった。

「そんなに揉めておったのかなあ」

「さあ、特にそんな話も聞こえてはこなかったが」

「長沢松平の仕掛けじゃ。花井三九郎とやらいう舞い手が筆頭家老になったのを、面白く思わなかったということじゃ」

「花井三九郎などと聞いたこともないが」

「大御所お局の身内らしい」

「ほう、そんな奴に歯向うのがいかんのじゃ。おとなしゅうしておれば、何も切腹や改易なぞにならぬものを……」

「うーむ、人というものは、理屈でわかって情でわからぬ生きものよ」

「そうじゃ、その通りじゃ」

そんな噂が駿府から江戸へ飛び火していくのに、そう時間はかからない。

この事件について、忠輝は三九郎弁疏《べんそ》に駿府行きをすすめられたが、行こうとしなかった。ともかくも人を弁疏したり、頼み事などしたくない。

まして自藩の内訌に、一方のために手心を加えてくれなどとは言えるものではない。それも家康と茶阿局では尚更である。どう裁くかは駿府次第である。

「殿、判決が下りましてございます」

信久が顔を引き攣らせて入ってきた。

「どのような判決だと予想されますか」

信久のこの顔付きからみると、思いのほかのようだ。

「爺の顔からみると、もしかして三九郎の敗けか?」

そうなら藩主自らが駿府に控訴しなければならない。忠輝は信久を睨《にら》むようにした。

「いや、三九郎殿の勝ちにござります」

「そうであろう。余もそう思っていた。それならそうと、初めから言うものじゃ」

忠輝は信久の持って廻った言い方に不機嫌になった。

「したが判決が思いのほか厳しく」

「どう厳しい」

「切腹にござります」

「なに、切腹じゃと！」

忠輝の顔色が変わった。

「長門守切腹、そして讃岐守と皆川殿は共に改易。藩主を補佐し、藩内をまとめていかねばならぬ家老が、一方的ざん訴にござりますればやむを得ない仕儀にございます」

まして家門ともなれば、厳罰で臨む必要があった。

それにしても長門守切腹の判決を、茶阿局はどう受けとめただろう。自分の腹を痛めた息子ではないが、元夫の子である。それゆえ引き揚げ、忠輝の家老にまで押し上げた。

その長門守が三九郎弾劾の立役者となり、結果が切腹である。茶阿局の心の内はいかばかりか――。

次に皆川広照はどうだ。忠輝の養父を楯に取っておきながら、長沢松平一派に付き、折角手にした飯山四万石を失ってしまった。そして元の栃木に戻ることになるが、あの養父のことだ、ほとぼりの冷めた頃、またぞろ忠輝の前に現われるかもしれない。

それにしても憎いのは長沢松平の年寄りどもである。

己の無力を棚にあげて、三九郎追い落としを策謀して、つまりは長門守を消し去った。

長門守が、三九郎と義兄弟ということを踏まえての策謀だったが、三九郎落としだけはうまくいかなかった。

ところが日が経ってくると、追い落としの本命が三九郎ではなく、実は長安だったということがわかった。

長安と三九郎の繋《つなが》りをよしとせぬ長沢松平一派の謀略であり、失敗であった。

(三)

川中島藩内訌の一件が落着した頃を見計らうようにして長安が戻ってきた。

久しぶりの長安は眼光こそ変らぬが頭は雪のようになっていた。

「おお長安、いい時期に戻ってきたな。まるで嫌な芝居の幕引きを見計らってきたようなものじゃ」

「ハハハ……これはどうも恐れ入りまする」

若き主君に図星を指され、思わず笑った。

「長安よ、こたびの一件の内実は、三九郎ではなくおぬしにあったようじゃ。そんなときに、おぬしがいたではやりにくい。おぬしはそういう難しいことが起こりそうになるとうまく消えるな」

「いや、そういうわけでもありませんが……」

と長安は口ごもる。

「したが、そなたどうして嫌われる」

「ハハハハ。私奴はどういうものかどこへ行っても嫌われまする。なぜでござりましょうなあ。殿、教えてくだされませ」

と長安は楽しげでさえある。

六十歳を越えた祖父のような男の評価を、十八歳の忠輝がどこまでみれるか、それは難しい。

ただ一つ言えることは、これまで見知った男にない大きさ、つまり常識の枠を越えたものを感ずるということだ。

「余もわからぬが、枠にはまらぬ人間は、どこへ行っても嫌われる。そうではないか」

「ハハハ……殿、よくぞ言い当ててくださりました。私奴も自分をそのように思うておりました。ですから殿も、私奴を嫌と思し召したらいつでも追い払ってくださりませ。私奴はまたどこぞの荒野に荒獅子を探しましょうほどに」

「荒獅子か」

「御意。ところで殿、私奴の腕の見せ所を少々お話つかまつりまするが」

長安は目を輝かせながら膝をのりだした。その顔は六十歳の年齢を感じさせない。

「なんじゃ」

「私奴、今日までどこをうろついていたと思し召されまするか」

「わからぬ」

付け家老の長安は、たしかに川中島の民政には実をあげた。それまでの森忠政の執政から一歩実をあげるために、農閑期の百姓を木曾谷に移動させて、森林伐採から用材の加工へと、仕事を与えて懐を豊かにして国許へ帰す。いわば出稼ぎだが、これが思いのほか喜ばれた。

その後、つまり三九郎がやってきてから、長安は藩の仕事から離れたのである。

「京、大坂、堺、大和、そして石見《いわみ》を歩いてまいりました」

「石見とはなんじゃ」

「名にし負う銀山にござりまする」

「ああ、そうじゃな」

「そこで長安、しっかと銀を多産いたし、大御所に喜んでいただきました」

長安は武田にいた頃、代官として黒川金山に関わり、甲州流の採鉱の知識を得ていた。その後、浪々の間、ポルトガル人と接触し、宣教師から西欧の鉱山採掘法をいろいろと学んだ。

それによると、これまでの縦穴式採掘から横穴式をとり、鉱石の選別法も水銀流しによって効果をあげるというものである。

これを家康に進言し、ともかく石見銀山に入った。そして銀の採掘量を毛利氏所有のときの数倍、つまり年間の運上銀三千六百貫にしてみせた。

長安はこれによって石見守《いわみのかみ》の受領名《ずりょうめい》を許されたのである。

「そういえばそなた、いつか余に、山歩きは眺める山でのうて、宝の山探しじゃと言うたな」

「その通りにございます。お金《たから》はいかなるときにも必要にございます」

「金なぞこれ以上要《い》らぬではないか」

「殿はお若いゆえ金なぞと言われまするが、何があっても先立つものでございます。そのお金を用意しておくのが私奴の仕事かと」

　忠輝はおし黙った。

　頭を真っ白にして、額の皺の数もふやしながら、その眼には動物的な光りさえ感じさせる長安である。

「そなた余に何をさせたいのじゃ」

「いや、そうむきになってお尋ねになられても困りまする。爺は若い御仁が好きでござります。若い獅子に未来を夢見るくらいお許し下され。殿が将来、どんなお働きをなされまするか、それが私奴の夢にござります。そのための金にござります」

　そう言って躱《かわ》されてはとりつく島もない。

（この爺にはかなわぬわ）

「それより殿、殿は近いうち、もそっとご出世なされましょう」

　長安は目を細めて囁くようにした。

「余が出世？　おかしなことを言うものではないぞ」

「おかしなことなぞではございませぬ」

「したが藩の内訌で、長門守切腹、それに二人の改易を出した藩主に、出世などあろうはずはない」

「そうは言われまするが、下の弟五郎太丸様（後の尾張藩主義直）に長福丸様（後の紀州藩主頼宣）、それに鶴丸様（後の水戸藩主頼房）はいかがです。

五郎太丸様は遠駿の地で五十万石、長福丸様は水戸二十五万石、鶴丸様は常陸下妻十万石、いずれも十歳以下にございます。それからみれば、殿は少な過ぎましょう」

それを言われるとまたぞろ捨て子意識がもたげてくる。

（今もって余は疎まれている）

その忠輝に、近々また加増の話があるという。

「長安」

忠輝はキッとなって長安を睨んだ。

「まさかそなた、大御所に余のことをしゃべっているのではあるまいな」

「何をでございまするか」

「弟らと比べて禄が少な過ぎるとか」

「いけませぬか」

「ならぬ、ならぬぞ、そんな出過ぎは」

久しぶりに忠輝は怒りを発した。いや大声を放った。

「なにゆえお腹立ちにござります。私は間違うたことを申し上げたつもりはありませぬが」

「余計なことじゃ、そのようなことは」

「長安には当然のことと思うておりますが」

「それはそちの考えじゃ。余の考えではない」

「では殿のお考えをお聞かせ下さりませ」

忠輝はむっと宙を睨んだ。切れ長の眼が空《くう》から長安へと移った。

「禄というものは、働いてかち取るものではないか。赤児のときから大禄を受け取るなどというのは間違うている。余は戦ってかち取ってみたいのじゃ。何もせず、女のように禄を受け取りたくはない」

「殿」

長安は目をしばたたいた。その心意気こそ長安が忠輝に賭けるものである。

「嬉しいおことば、長安感じ入りましてござります」

そう言うと長安は辞していった。

(余に謎を残したではないか、長安)

晩秋の江戸の風を部屋に入れながら、忠輝は暫く動かなかった。

川中島藩家老の処罰に際し、新たに長沢松平家では重臣を登用した。山田隼人正《はやとのしょう》、山田出雲守、山田将監、大膳直之、鱸刑部少輔《すずきぎょうぶのしょうゆう》の五人で、隼人正は切腹した長門守と兄弟、つまり茶阿局の義甥である。

新しく登用された五人は、藩邸江戸屋敷で忠輝に面謁した。

「このたびの不祥事、まことに申し訳なく、われら五人代わって職に精進いたし、殿のお心を安んじ奉りまする」

そう言ってひれ伏す五人に、

「いかなることがあっても讒訴《ざんそ》あるまじきこと。これからは余が直々成敗いたす」

と明言した。

それからは藩邸内で、三人のことは全くうち忘れられたようになった。悼《いた》むことばも、惜しむことばもなく、年内は粛々と日が進んだ。

それにしても、長安はどこへ失《う》せたのであろう。あれから全く姿を見せない。

そして年が暮れ、新たに慶長十五年（一六一〇）の正月を迎えた。

（今頃信濃は雪の中であろうなあ）

花井三九郎は判決の後、直ちに松代へ帰っていった。もしかしたらその松代へ、長安も行っているのではなかろうか。

長安と三九郎。この二人を一つに意識したのはこのときである。

同じ猿楽の出である以上、流れる血は同じである。こたびの一件で優位に立った三九郎に、長安は何を囁いているのだろうか。なぜかそんな気がしてならない。

二人のいる松代へ行こうにも、春にならなければ道は開《あ》かない。

すると二月初め、突如として今度は越後福島藩六十万石転封の報である。

慶長十五年（一六一〇）閏《うるう》二月三日、川中島の旧領もそのまま、つまりは七十二万石の大大名になったのである。

「祝着にござりまする」

「おめでとうござりまする」

「さすがは大御所様。殿をお忘れではござりませんでした」

そんなことばを次々と側近から投げかけられるが、忠輝の心は複雑である。

嫌って捨てた子に、今頃になってなにゆえ高い俸禄を与えるのだ。

信久は、幼い弟たちとの格差を縮める家康の親心だと言うが、そうは素直に受け取れない。

（それに何ゆえ越後福島なのか）

長沢松平の家老たちの喜びを尻目に、忠輝の顔は浮かない。

長安の筋書き通りではないか。その筋書きに大御所家康が乗っているとは――。

第六章❖忠　直

㈠

兄秀康が亡くなってから四年が経っている。嫡子忠直が越前北ノ庄に入って三年、忠直も父の死の真相を知らされているだろう。

その忠直に、将軍秀忠の三女勝姫が入輿すると聞いて忠輝は驚いた。というより、衝撃を受けたといった方がいい。

秀康を消しておきながら、その息子の妻に、勝姫をと考えたのは多分家康だろう。

秀忠の性格からみて、父子（家康と秀忠）で消した秀康の所に、愛娘を嫁《おく》ることをよしとしなかった筈《はず》である。

それを強引に決めたのは、江戸と越前の関係を修復し、新たな紐帯をつくる必要があったからだ。

それはそれで十分納得のいくことだが、忠輝が衝撃を受けるほど驚いたのには訳がある。実は忠輝にとって勝姫は、いわば初恋ともいうべき女性だからだ。

それにしても大奥で起居する将軍家の姫と、まるで野性児の忠輝が、どこでどんな出会いをもったのだろう。

二年前の慶長十四年（一六〇九）夏、川中島藩内訌の始末がついた後、報告のため江戸城に登城した。

そのとき、城内の的場に出てみると、汗を流しながら弓射や鉄砲に励んでいる武者たちの傍らで、まじろぎもせず見つめている一人の少女を見つけた。珍しい風景である。

大体こんな所へ若い姫がくることはない。それをじっと目を凝らしているところをみると、この中の若者に関心があるのか、それとも弓射が面白いからだろう。

忠輝が近づくと、少女は人の気配を感じてか忠輝を見上げた。つぶらな瞳にはもの怯《お》じしない性来の勝気と、凛としたものが感じられる。

「どちらの姫で……」

目線を下げた形が軽い辞儀ととられたのか、傍らの侍女が、

「勝姫様にござりまするが、そこ許様は」

ときつい目を投げられた。

「ああ、これはご無礼を。私は川中島の松平忠輝にござる」

途端、

「それでは叔父様」

利発そうな勝姫が顔を崩して笑った。

(叔父様か)

忠輝は面喰った。十八歳の若者に叔父様は参った。

兄の将軍秀忠には、何人もの姫がいることは知っていたが、こうして叔父様と呼ばれたのは初めてである。

忠輝と違って、白面の貴公子と言われている秀忠である。それに美女の誉高い信長の妹お市の方の三女が秀忠の御台所だ。どちらに似ても器量のいいはずの姫である。

「姫には弓が珍しい?」

「珍しいのではない。好きなの」

「したが姫方は部屋で人形遊びなどをするものではないのですか」

すると勝姫はぷいと横を向いて、

「そんなのつまらぬ。わたしも弓や馬に乗りたい」

と言った。

「ああそれなら、この叔父がいつでもお相手しよう」

そう言ったものだから勝姫の表情が俄然変わった。

「ウワー本当!? それでは馬に乗せて」

喜びを全身で表わす勝姫に、忠輝もつられて笑った。

これがいわば最初の出会いだ。叔父・姪という関係から誰も口を挟む者もなく、初めのうちは馬場で、勝姫を前に抱くような形で乗馬を楽しむ二人の姿があった。

それが馴れてくると馬場では面白味がなく、

「外へ出たい」

とせがまれて吹上《ふきあ》げの庭から桔梗《ききよう》門、果ては平河、西の丸門をくぐって外へ出た。

生《お》いたつ少女の髪の匂いが忠輝の鼻腔をくすぐり、左腕で掻き抱く柔い肉体がなんともいえず忠輝の快感を誘う。

「姫は毎日何をしている」

「手習いにお稽古」

「面白いですか」

「うーむ、面白くはない」

「ハハハ、そうか、ではどんなことがしたい」

「こうして叔父様と馬に乗っていたい。そして、もっと遠くへ行きたい」

遠くなら印旛沼も霞ヶ浦も、それに江戸の海に沿って三浦の端まで走ってみたい。

しかし、こんな姫を抱えて遠出をするわけにはいかない。

「姫、遠くへ行きたいなら、姫も乗馬を覚えることです。姫が一人で馬に乗れるようになったら、どこへでも案内しよう」

「そう。だったら乗馬の稽古をするわ」

勝姫の目が輝く。そして一刻（約二時間）ばかりを楽しむと、元の馬場へ帰ってきた。

そういう日の夜、きまって忠輝は無口になって一人部屋で天井を睨むようになった。叔父・姪という気安さと、誰憚ることなく二人の騎乗が公認されてはいるものの、それ以上の冒険は許されない。

十八歳の冒険とは、女を攫《さら》って地の果てまで走り、そして女体を恣《ほしいまま》にすることである。そんな夢を時々見、この頃ではその女が勝姫であったりする。

女といえば、栃木にいた頃、村の悪童とつるんで、神社や寺の境内の隅で、少女を無理矢理連れこみ、下肢を開いて面白がったものだ。

そして佐倉に移った頃は、七郎太や三郎と一緒に村の娘を襲ったりした。七郎太や三郎が気を利かせて小娘を向かわせてくれたが、村で忠輝の悪名は一度も浮上しなかった。

つまり少年期の性衝動による悪さは、男並みにやってきたが、特定の女に興味や恋を覚えたりはしなかった。

それに一見、強面《こわもて》の忠輝に、女がなかなか近づかないということもある。また、家老や側近たちが、適当な女を見付けないということもあった。

そんな忠輝の初恋である。

（勝姫よ）

細面《おもて》に黒い髪、それになんといっても名の通り勝気そうな目が魅力的だ。あの容貌は多分母お江与の方似であろう。

十八歳の初恋が、こともあろうに姪の勝姫とは――忠輝はその自覚を打ち消そうとする。しかし、打ち消そうとすればするほど、勝姫の姿が忠輝の視野と肉体にひろがりくすぐる。

忠輝は部屋中を横転しながら、勝姫の幻影を振り払おうとする。

（そうじゃ、これ以上姫に近づいてはなるまい）

そうして一人、悶々としているとき、勝姫の縁談を知らされた。

これ以上、姫に近づいてはなるまいと自制を諦めに変えようとしたとき、勝姫が嫁ぐというのだ。しかも相手が忠直と聞いて困惑した。

（恋仇が忠直とは）

本来の忠輝なら、相手構わず惚れた獲物をぶん取るところだ。しかし、今度ばかりは勝手が違った。

相手は、自分が生涯で只一人の兄者と敬慕し、不慮の死に、一生の涙を落とした秀康の嫡男である。

（忠直殿なら、余はあっさりと諦めよう）

まだ見ぬ忠直だが、秀康の息子なら、きっと秀康に似ていよう。他の男ならともかく、忠直に嫁ぐなら、勝姫のためにも喜んでやらなくてはならないだろう。

「それで輿入れはいつじゃ」

「この九月と聞いております。そこで祝いの品々を、用意させていただきます」

「うむ、そうじゃな」

「これで越前家も落ち着きましょう。初代様（秀康）はいろいろとございましたゆえ。ま、これは大御所様の裁量かと存じますが」

山田隼人正は一人でしゃべっている。

「そちはめでたいと思うか」

「それはめでたいことにございます。こんなにうまく事がおさまろうとは思いもよりませんでした」

「どういう事じゃ」

「ご縁組みなどというものは、双方に適当なお年頃がおわさねば成り立つものではございませぬ。それからいうと、こたびは忠直殿十三歳に姫様十二歳と、おあつらえ向きの年恰好ではございませぬか。なかなかこのようにうまくはゆかないものでございます。

それがまあ、駿府の大御所様のお口利きとか、さすがでございまする」

「したが隼人正」

「はっ？」

「年恰好はよくてもじゃ、うまくいくとは限らぬぞ」

「まあ、これは殿。なんと不吉なことを仰せられます。それではまるでこのご慶事に水を差すような」

隼人正は禿げ上がった額に汗を滲《にじ》ませた。

「そんなつもりはない。しかしじゃの、忠直殿がその気でいるじゃろうか」

「どういうことにござります」

隼人正は向き直った。

「これは余の独り言じゃが、父を討たれた怨みこそあれ、そんな江戸から姫を無理矢理押しつけられては迷惑ではないかの」

「迷惑、とはとんでもござりませぬ。それどころか、越前家は諸手をあげて歓迎いたしましょう。これからは、何でも叶いましょうから」

「何でも叶うか」

「それはそうでござりますとも。いやしくも将軍の姫様ですから、金の卵をいただくようなもの」

(ハハハ……金の卵か、あの勝姫が)

とにかく、隼人正とは違って、忠輝の心境は複雑である。

㈡

その年、忠輝は三年前からの許婚者、伊達政宗の娘、五郎八《いろは》姫と祝言をあげた。三年もの間、政宗が黙過してきたのにはそれなりの訳がある。利点としては忠輝が徳川の六男であること、婚姻関係を結ぶにはまたとない相手である。

しかし、婚を急がなかったのは、忠輝という異端児の行く末を見定める必要があったことと、娘がキリシタンだということだ。

この縁組みの労をとったのは大久保長安だが、長安はそれを承知で忠輝に娶合《めあ》わすことを勧めた。

「キリシタン妻でもよろしいのか」

長安に念を押すと、

「よろしゅうござる」

と確答した。それから三年も経っているのだ。それは忠輝の身辺が慌しく、長安や三九郎、それに本人もそれどころではなかったというと言い訳になるだろう。

ともあれ、初恋を失った忠輝は、一つ大人になったつもりで、五郎八姫を迎えた。

新床で初めて見る素顔の五郎八に、一瞬、勝姫の面影を重ね合わせて慌てた。婚礼の間じゅう、白ずくめの新妻の顔を見ることはなかったが、こうして見ると、なんと清楚で愛らしいことか。こんな姫なら、もっと早くに祝言をあげるべきだった。

「五郎八殿」

手を取ると五郎八姫はクスリと笑った。

「まあ、殿はおかしゅうござりましょう」

「これは……」

この笑みが二人の緊張をほどいた。

「わたしの名をいろはと呼んでくださる方はまずいません。父は余程和子《わこ》（男児）を望んでいたのでしょう。生まれてきた娘のわたしに『五郎八』などと男の名を付けました。おかしいでしょう」

姫はそう言いながら口に手を当てて笑った。

あの豪雄といわれる政宗の娘にしては繊細で愛らしい女である。

（余の妻には、こういう女がいい）

忠輝が五郎八の体を引き寄せたとき、白綸子《しろりんず》の寝着の胸が開いた。すると白い胸の谷間にロザリオの揺れるのが見えた。ハッとした。

（五郎八はキリシタンであったか）

長安はそれを言わなかった。いや、もしかしたら、政宗が明かさなかったのかもしれない。

しかし、腕の中で今まさに裸身を任そうとする新妻に、それを聞き質《ただ》そうとは思わない。

「そなた、よく三年間も待っていてくれたものよ」

忠輝としては、本当のところ打ち忘れていたのだ。にもかかわらず、五郎八はそれを責めもせず、又、政宗も何も言わなかった。

「殿が、ソテーロ様の所で何をなされておられたか知っておりましたゆえ」

「ああ、したが余はキリシタンではないぞ」

「はい、それも承知いたしております。でも、ソテーロ様の教えを聞くお耳を持たれ、それに施療院で、一生懸命治療のお手伝いをなされてこられたお方ですもの」

それだけで何年待ってもいいと思っていたという。

（キリシタンとは、こんなにも純粋な人間なのか）

忠輝は深く心を打たれた。

「して、お父上もキリシタンであられるのか」

「いえ、父はキリシタンではありませぬ」

「では、いろははどうしてキリシタンに」

五郎八の語るところはこうだった。

メキシコの副王から派遣された使節、セバスティアン・ビスカイノが、政宗の所領内の港湾を測量しにきたとき、通訳としてソテーロが同行した。

ソテーロは初めて政宗に謁見して、政宗の先見性と精力的な人柄に惚れ、仙台を中心とするフランシスコ会の拡大を考えるようになった。

その頃江戸から仙台にもどっていた五郎八は、ソテーロの説教を聞いて心を動かし、父に内緒で入信した。つまり彼女個人の意志だという。

「父上はそれをご存知か」

「さあ、わかりませぬ。誰にも打ち明けてはおりませぬゆえ。知っているのは乳母の只見《ただみ》だけ」

顔に似ぬ強い信念の持主のようだ。

「それで殿」

伸

五郎八は真っ直に、忠輝を見つめた。

「殿はお困りですか、わたしがキリシタンでは……」

「いや、困らぬ。どうしてそんなことを訊く？」

「ご家門の妻がキリシタンでは」

キリシタン禁令は、既に秀吉の時代から出されたままである。

「余に理解を与えてくれたのは、ソテーロ様じゃ。余は信心にまでは至っていないが、そなたはこれまでのようにひっそりとつづけるがよい」

「有難うございます。実はそのことを、一番案じておりました」

父にも打ち明けぬことを、この忠輝に告白してくれた。それだけで十分に愛《いと》しい。

しかし、この妻を守るためには、江戸にいてはならぬ。ソテーロの教会にも通うだろうし、とかく人目につきやすい。

「いろはよ。越後へ行こう。越後は冬は雪の深い所じゃが、海も近く豊かな所じゃ」

越後福島（直江津）とは、元、上杉謙信の養嗣子、上杉景勝の城であったが、慶長三年（一五九八）、秀吉によって会津に追われ、替わって堀秀治が入った。

この秀治が慶長十一年（一六〇六）病没したため、嗣子の忠俊が跡を継ぎ、春日山から直江津の東に福島城を築いたことに始まる。

ところが名家老、堀直政の没後、直政の子直次と庶子の直寄《より》との間で確執が起こった。すると直寄は、秀忠と家康に直次に対する訴状を提出した。

家康は直ちにこれを駿府でとりあげると、双方対決させた上で両者を罰し、所領を取りあげたばかりか、藩主堀忠俊まで奥州岩城に流してしまった。そして空《あ》き城となった福島に忠輝を据えたのである。

これにはそれなりの理由がある。北陸には、加賀百万石の前田氏が越中高岡まで領地を広げて睥睨《へいげい》し、北の米沢は、越後を追われた上杉景勝が忿懣《ふんまん》を抱えている。

その中間の越後に、秀吉の旧臣堀氏がいては、徳川にとって危険である。そこで堀氏の内訌を機に、川中島の忠輝を配したというわけだ。これは忠輝の飛躍的出世となった。

しかし、忠輝の心は晴れない。

（余を動かしているのは誰じゃ）

いよいよそれを考えざるを得なくなった。自分の来《こ》し方を考えると、深谷・佐倉・川中島へと動いたときの工作は、もしかしたら茶阿局ではなかったろうか。

茶阿局の指示のもと、三九郎が動き、長安が動いた。その中で思いもよらなかったのは、味方だったはずの山田長門守の切腹だった。しかしこれで三九郎の立場は盤石《ばんじゃく》となった。

ところで気になることばが忠輝の耳に残っている。川中島藩内訌の裁定が終わった頃、石見から帰ってきた長安が、

「殿は近いうちに、もそっとご出世なされましょう」と言ったことばだ。

大体、藩内に対立や揉め事を起こし、江戸や駿府へ直訴までして裁判を受けること自体、過失・汚点である。現に堀氏の福島藩はそれで潰された。

にもかかわらず、忠輝の出世とはどういうことだ。そして長安の予見通りのことが起こった。即ち、川中島から越後福島六十万石、それも川中島併わせて七十二万石という大出世である。

ということは、この筋書きを長安が書いたか、あるいは誰かと共謀したのではあるまいかという疑いだ。

そのために、福島藩の内訌を用意し、じわじわと時を稼いで一挙に福島城を空けさせた。

（共謀できるとしたら、それは家康しかない）

邪魔者を江戸から遠く退けておきながら、上杉や加賀・越前の目付けとして越後を考える。家康の考えそうなことだ。

それに越後の意味はそれだけではない。佐渡に埋まった金塊を、長安によって掘り出し運び出させる。その足場が越後である。

それが出来るのは長安だけであり、家康と長安の関係がそこにある。

そこまではわかるが、長安のその先の目論見がわからない。

（一体、余に何を期待し、何に賭けようとしているのか）

㈢

福島城に、越前からおかしな情報が流れてきた。「越前騒動」というものだ。

将軍家の姫が嫁いだというのに、あり得べからざる話である。

「どういうことじゃ、詳細を聞かせよ」

忠輝にとっては、無念の死を迎えた兄秀康の城であり、また、愛しい勝姫の嫁いだ北ノ庄とあっては、いい加減に聞き流すことはできない。

詳細をということで、三九郎は再び飄太を北ノ庄に送った。

「飄太の知恵と耳は大したものにござります」

たしかに四年前の秀康の死を、あそこまで訊き出し得たことは賞賛に価する。

そのための聞き込みや、銭の使い方も尋常ではなかろう。

四年前、北ノ庄から戻ってきた飄太は、仕入れてきたありとあらゆる情報を、淡々と忠輝に報じた。

「よくそこまで調べあげたもんじゃな」

と感心しながら褒めると、別に得意げもなく、こんなことを言った。

「人は金で動くものでござります」

それはそうだが、そこまで明らさまに言うものでもないだろう。しかし、それが飄太の生きざまなら、余程長安から金を得ていることになる。

つまり飄太は、忠輝や三九郎のために動くのではなく、ひとえに長安のために動いているということだ。たしかに飄太は長安の手の者であって、忠輝の家臣ではないのだ。

この飄太が、三九郎の命を受けて北ノ庄へ走った。

それから十日、戻ってきた飄太の報告はこうだった。

勝姫が忠直に入輿した年の翌年、それは起こった。後世、「越前騒動」とも「久世《くぜ》騒動」とも言われる。

事件の根は深く、初代秀康の功臣、久世但馬守《くぜたじまのかみ》と、幕府からの目付け、今村掃部《かもん》の相剋である。

とはいってもこれは表向きで、その背景には、秀康の下総結城《しもうさゆうき》氏時代からの譜代の臣、また、関ヶ原合戦後の臣、それに幕府から入ってきている者たちの勢力争いが下地にある。

事の起こりは、久世の領地内の百姓の一人が行方不明となり、やむなく妻女は岡部伊予の知行所内の一百姓に再嫁した。

ところが行方不明になっていた男が戻り、妻の再嫁先に掛け合った。すると男は何者かによって闇討ちされ、再嫁先の家もまたその後放火されて、一家皆殺しになったというものだ。

この後、犯人をめぐって紛糾し、やがて久世と今村の論争にまで発展し、それぞれの勢力を巻き込んで藩を二分する様相となった。

そこで今村一派は、忠直の伯父中川出雲守を味方に引き入れ、十七歳の忠直を動かして久世但馬守に切腹を命じさせた。

父秀康以来の功臣久世但馬守を切り、幕府目付けの今村掃部の言いなりになったということは、余程掃部の恫喝に押されたのだろう。

しかし、喧嘩両成敗を楯に、久世は若い藩主忠直に服さず、一族郎党、久世屋敷に立て籠って徹底抗戦となった。

戦国の風潮のまだ残る時代、藩主の命に抗する戦いは珍しくはないが、北ノ庄城から近い久世屋敷から戦火の烽火《のろし》が上がったのだから大変だ。

「戦さだ、戦さだ」

と、城下の人々は動転した。それも、将軍家の姫を迎えたばかりの城下で戦さが始まったのである。

久世但馬守を討つべく、大手橋から討手が続々と久世屋敷を取り囲んだ。人々は白刃と鉄砲の音に、雪崩《なだれ》をうって逃げながら、何が何だかわけのわからぬ白昼夢に怯《おび》えた。

この時忠直は、今村掃部と共に、城の櫓《やぐら》に上って観戦し、討手の将、本多伊豆守を背後から小銃で狙撃させるという、まことに奇怪な行動をした。

しかし討手は久世勢の頑強な抵抗に遭い、一進一退でけりがつかない。それほどの激戦となった。

そして秋の陽が落ちる頃になって、久世屋敷は壊滅し、双方合わせ三百数十名の死者を出して鎮静した。そうして事変後、今村掃部の筆頭家老が実現するといった結着である。

ところが本多伊豆守富正はこれに服さず、密かに駿府に赴き一部始終を訴えた。家康は今村掃部の野心を知り、喧嘩両成敗の名分もとに、今村と清水丹後守を流罪とした。そしてこれまでどおり、本多富正を筆頭家老に復し、本多一族の本多成重を今村に替わって丸岡城主とした。

しかし、この裁定は忠直の面目を潰すことになった。久世を葬り、今村掃部を筆頭家老に据えたところ、本多富正の駿府直訴によって、結果はどんでん返しになってしまったからだ。

「やっぱり祖父様《じい》は、忠直も憎いのじゃ」

父秀康が家康から疎まれ、挙句の果て、謀殺されたとしか考えられぬ死を迎えた。

その怨みのあるところへ、家康の配慮だとして、従兄妹《いとこ》にあたる勝姫入輿の話がもち込まれた。

「そんな姫など、余は迎えぬ」

と悪態をつく忠直を、懇々と諌めたのは本多富正である。

「大御所様のお詫びの証《しるし》にござりまする」

そう言われて忠直は首を縦に振ったのだ。

そして迎えた勝姫とは、これといった風波もなく、ごく普通の新婚気分を味合わった。

しかし、この騒動の一件で、若い夫婦の間に、隙間風が通るようになった。それは忠直の発することばからきている。

「駿府の祖父様は余が憎いのじゃ」とか、「余はどうせ疎《うと》まれ者じゃから」「父上の気持ちが今ようわかる」などなどである。

しかし、まだそう言っているうちはよかった。それがこの頃では、

「そなたは将軍の姫じゃ。じゃからそなたが余のために動いてくれてもよいものを——」

とか、

「そなたは一体、誰の指図で余の所へ嫁《き》たのじゃ。お父上か、それとも駿府の祖父様か」

と嫌味を言う。

忠直はその後で、言わずもがなのことをと悔やむ。こっちの怨みなど、何も知らぬ勝姫なのだ。そんな妻に、怨みや不平を鳴らしたところで、なんの得にもならないのだ。

それがわかっていながら、つい口に出てしまうのは、妻への引け目からだということを、まだ忠直はわかっていない。

それにしても、家老が藩主に抵抗して城下で戦さにまでなったことは由々しい事態である。

それに対して駿府や幕府が、人事のみの処断で済まし、藩主の移封や改易に及ばなかったのはまことに異常なことである。

福島藩のことが耳新しいとき、越前藩には何の減封もなかったことは、一に勝姫の存在があったからだ。

そういう意味で、忠直は新妻の価値を十分に理解し、家門としての越前藩の立て直しをやるべきである。

飄太の報せは適正である。「騒動」の発端から「始末」までを、実に冷静に見聞し、見きわめている。

おそらく彼の個人的な感情や判断をまじえていることはないだろう。

「ご苦労じゃった」

労《ねぎら》うと、

「殿は北ノ庄へいかれまするか」

と訊いた。

「どうしてそんなことを訊く」

内心を見透かされたような気がした。

「北ノ庄はこれで二度にござりますれば」

「兄上の所じゃ、知っておきたい」

「はっ、ではまたござりましたらご下命を」

と飄太は出ていった。

風のように入ってきて、水のように淡々と語り、また風のように出ていった。そんな印象である。

(長安の使う影者とはああした男か)

頭のよさと身のこなしの軽さ。それに感情を入れぬ、ものの見方の確かさと鋭さがある。
（飄太を余に譲って貰わねばならぬわ）

第七章❖大久保長安

㈠

蔀戸《しとみど》を開けると、渺々《びょうびょう》とした群青色《ぐんじょういろ》の海が広がっている。

江戸や三浦の崎で眺めた海は、もっと白く明るかったような気がする。

水城と呼ばれる福島城は、海に突き出しているかのようで、櫓《やぐら》から見渡す海は、黒味を帯びたように深い。

晴れた日はいいが、一たび空模様が荒れてくると、轟く波音と飛沫《しぶき》が、城の甍《ひらか》まではねあがる。

その福島城に、海の彼方から長安がやってきた。皺はふえたが、顔色もよく、いやに元気だ。

金銀を産出する佐渡は、家康が関ヶ原の役《えき》の賠償として、豊臣から受け取ったものである。そして領主だった上杉を越後から会津に移し、堀氏の内訌の後に、忠輝が移った。

そして佐渡には長安が奉行として入り、鉱山の本格的経営にのり出した。

「殿、佐渡は本当によき所でござりまする。まあ、天国にござりまするなあ。金のとれる山だけではなく、米はとれ魚は豊富、醤油から機織りと、無いものはござりませぬ」

と満面の笑みを浮かべながら、順徳上皇の真野御陵から日蓮、世阿弥など、配流された歴史上の人物の名をあげた。

「そんなにいい所なのか」

「それは自然の獲《と》れ物ばかりではありませぬ。男も女も、その女がまた美しい。ああ、これは奥方様のおられる殿に悪いことを申し上げましたか、ハハハ……」

と長安は屈託がない。

「したが、殿がこうして越後にこられる日を、長安どれほどお待ち申し上げておりましたことか」

長安は目を細め、述懐するかのようだ。

「余が越後にくることを、そんなに待っていたとは」

「それはなんといっても福島から佐渡は目と鼻の先ではござりませぬか。長安こうして佐渡から駿府、江戸へと金を運ぶたびに、殿とお会いできるのが楽しみで……」

と今日の長安は格別機嫌がいい。

「ところで長安、余が越後を望まなかったらどうする」

「ハハハ、望むも望まないも、福島が空き城になったのですから、そこへお入りになるのが適当でござりましょう。それより、またとない機会にござりました。こんな僥倖《ぎょうこう》はめったにありませぬよ」

「いや、そういうことではなく、余が敢えてここを望まなかったらどうすると訊いておる」

「おかしな仮定をおっしゃるものでござりまする。現にお入りになったものを、今更そんなことを訊いてなんとなされます」

長安の笑顔が消えてきた。

「では言うが、余をここへと、初めから画していたのではないか」

「ほう、そのようにお考えで」

「そのために、堀氏の内訌を考え、工作した。そうであろう」

忠輝の舌鋒はゆるまなかった。途端、

「ハハハ……」

と乾いた長安の声が弾《はじ》いた。

「そんなことを、三九郎奴が申しましたか」

「いや、余の思案じゃ」

（この若獅子にどこまで言っていいものか）

長安は目を天井に放った。

「殿、その前に、一寸話を変えまする。殿は今のご境涯に満足しておられまするか」

「いや、おぬしが折角用意してくれた七十万石といえども、余は満足しておらぬ」

「というと、もっと大きゅうお望みで」

「違うな。余は大人どもが用意した禄のことを言っているのではない。余の希望は、こうした当てがい扶持のことではなく、自分で戦い、勝ち取る人生が欲しいのじゃ、そのことを考えている。それに対して長安よ、おぬしは余に何を求め、期待しようとしておるのじゃ」

そのとき雲間を破って落ちかけた陽が、はっとするような強い光箭《こうせん》を放った。すると忽ち海の表情が変わった。

「美しゅうございますするなあ」

それは独り言のようであった。

「答えよ、長安。余がおぬしから一番訊きたいことであった」

「そうでございますか。しかし、今のうちは、長安奴の野望《ゆめ》としかお答えできませぬ」

「夢じゃと? おぬしらしくもないことを。どうもハキと言えぬようじゃな。なら余がおぬしに代わって、長安の夢とやらをしゃべってみようか」

忠輝は意地悪く笑ってみせた。すると、

「その前に、一寸お話ししたきことがございます」

「何じゃ」

「私奴が殿に夢をかけようとしましたのは、あれは殿のおいくつぐらいの時でございましたろうか。早春の隅田の川を、裸で泳ぎ切ろうとした葵の若を見たときでございました」

「あれはたしか十一、二歳。そんな余を、あのとき河岸で見ていたのか。ハハハ
……そんな子どもに、どんな夢を見ようとしたのじゃ」

「末頼もしい男じゃと」

「ワハハ……末頼もしいどころか、茶阿局のたぐる糸と、大坂を意識する大御所の手駒となって活きているだけの拗《す》ね者じゃ。おぬしが夢をかけるような男ではないぞ」

「それならどうしてこの長安が、わざわざ殿の付け家老を願い出て、寒い川中島の岸辺で殿をお待ち申し上げたりなどいたしましょうや」

「ああ、そうじゃったなあ。あのとき、どうして老爺が余を迎えていたのか不思議じゃった。それで余への夢はどうなった」

「これからにござります。殿のご成長をお待ちしていたのでございます」

「それでこれから何をする？」

「何をするにも金が要ります。幸い私奴はその元を造っております。そして殿は越後の福島」

長安の佐渡と忠輝の越後――。海を隔てた彼方から、長安は莫大な金塊の江戸・駿府送りをやっている。

佐渡の相川や小木の港から積み出される荷は、北は酒田・そして越後は新潟・寺泊・出雲崎・福島（直江津）である。

しかし、金銀に関しては、忠輝の直江津に陸揚げすることになっている。陸揚げしてから、馬借で陸送するまで、いろいろと手続きがいる。それに荷は上納金ばかりではない。

そうした取り扱いの費用が福島藩に落ちる。それに、密洩《みつろう》の金など、長安の手杓一つで決まるのだ。

「その金を、キリシタンと、大坂のために使いたいと考えているのであろう」

「そこまでわかっていらっしゃるならば」

「したが長安、余でさえ感づくものを、とっくに駿府はわかっていよう。

大御所の恐《こわ》さは、おぬしを好きなようにさせておいて、後でごっそり抜いてみせる」

「よくご存知で。それくらいのこと、長安覚悟の上のことでござります。ただ殿を巻き添えにしてはならぬと、そのことのみ考えております」

「いや、余はいつでも天涯孤独になれるぞ」

「それでも奥方様が……」

「五郎八は伊達殿が引き受ける」

そのとき落日が最後の光箭の矢を放った。一瞬忠輝の顔が耀《かがや》いた。

伸

「いいお顔にござりましたなあ」

「余の顔がか？」

「はい」

「まさか御仏というのではあるまいな」

「いや、いや」

長安は首を振った。

「上様に替わっていただきまする」

「今、何と言った」

「上様に替わっていただくと申しました」

「ということは……」

「三代目を殿に」

途端、弾けるような高声が響いた。

「ハハハ……。何と長安、そちの夢とはそんなことであったか」

「そんなこととは——小さ過ぎまするか」

「いや、いや」

忠輝は手を振った。

「江戸から動けぬ将軍なぞ、つまらぬではないか。将軍なぞ、あのおとなしく几帳面な兄上に任せておけばよいのじゃ。将軍とはああいう男がなるものじゃ。余のように不羈奔放《ふきほんぽう》な男のやることではない。余の夢はソテーロじゃ」

長安は唖然となった。

ソテーロに惚れるのはいいが、ソテーロの目的が何かわかっていない。

ソテーロの目的が、日本国のキリシタン化、そしてスペインの植民地化にあると言ったらどうする。

それに将軍なぞと言うが、将軍の持つ権力の怖さを知らない。権力は、服さない全ての勢力を抹殺することができる。

その座を、なぞなどということばで一蹴するなど、それこそ世間知らずの青二才だ。とくとこのことを、若僧の殿に教えねばならない。

(二)

慶長十七年(一六一二)、駿府安倍川の河原の桜は過ぎて、名残りの花が折々風花のように舞っている。

その河原で、いとも無惨な火刑が行われた。それも竹矢来が組まれ、市民見せしめの火刑だということで、朝から河原は人だかりがした。

罪人は岡本大八という。しかし、岡本大八と言われても誰も知らない。河原の高札によると「欺罪」としてある。

「何の欺《いつわ》りじゃ」

「さあ、わからぬ」

「したが火あぶりじゃから、よっぽどの欺罪ということになるな」

家康が大御所として駿府に移ってから、府内は極めて穏やかである。だから河原で刑が執行されるなどということはない。それも火炙りということになると、尋常ではない。よほどのことである。

「何の欺りじゃ」

「うーむ。欺りなどというものはなかなか難しいことじゃ」

市民の話題はそのことで専らだが、どこの誰かさえもわからない。

ところがここに、この一件で寝もやらぬほど悩んでいる男がいる。大久保長安である。

まず岡本大八とはいかなる人物か、そして岡本大八事件がなにゆえ長安を苦しめるのか——。

大八は家康の重臣本多正純の与力である。ところが大八はその前、長崎奉行の与力だった。

三年前のことである。肥前日野江藩主の有馬晴信は、長崎港外でポルトガル船マードレ・デ・デウス号を攻撃撃沈した。

これはマカオに寄港した晴信の朱印船がやられたことへの意趣返しであった。

この事件を家康に報告した晴信に、大八はよからぬことを考えた。つまりデウス号事件の恩賞として、晴信に旧領の肥前三郡に領地替えをする意向ありとほのめかしたのである。喜んだ晴信は莫大な金品を大八に贈った。しかし、何の沙汰も効果もないため、正純に打診せんとした。慌てた大八は家康の朱印と文書を偽造して晴信に手渡した。

しかし、これにもしびれを切らした晴信は、とうとう正純に直接催促した。こうして大八の詐欺は明るみにでた。

よって大八の罪科は明白となり、極刑となって安倍川の火炙りとなり、晴信もまた甲斐に流され、配所で自害という結末となった。

しかし、この一件を、正純は単に晴信・大八の詐偽として片付けようとしたわけではない。二人は共にキリシタンである。このキリシタン同士の対決を、これまたキリシタンと繋がりのある長安の前で対決させた。

「何ゆえ有馬を騙した」

正純の一喝に、大八はことばもなく打ち伏した。その大八に正純は、

「それでもそちはキリシタンか」

と止どめの一声を刺した。この一声に驚いたのは陪審の長安であった。

大八がキリシタンだったということよりも、キリシタン同士の相討ちを、長安の前でやってのける正純の意図に驚いたのである。

驚きはそれだけではない。正純に答えた大八のことばである。

「私奴が長崎におりましたら、そんなことは考えもしませんでした。私がキリシタンの精神《こころ》を失ったのは、駿府にきたからでござります」

晴信の欲心を煽り、金品を巻きあげて詐偽まで考えたのは、策謀家本多正純の許にきたからだ。つまり、駿府の黒い権謀の中で、キリシタンの精神を失ったというのである。

死罪を覚悟した大八の最後の一句ともいうべきことばである。

「そうか、最後にそんな言い訳を吐きたかったか。それにしても、駿府にきたから

キリシタンを失うたとは面白い言い草よ。駿府へ来たからこそ、キリシタンを捨てられたのじゃ。

したが、いずれにしてもそちの命はないのじゃ。慶長元年（一五九六）長崎で二十六人のキリシタン磔刑があったが、あれ以来、キリシタン禁令は緩和されていた。

しかし、これをもっていよいよキリシタンの再禁令を出さずばなるまい。よってそちは長崎にいようと駿府にいようと命はないのじゃ」

滔々と述べる正純の弁舌は、大八に言い聞かせたというより、長安に向けていたというべきだ。

元来、舞伎の者が機会を得て家康に取り入り、今や佐渡金山を支配する男である。それが七十万のキリシタンと繋がっているという噂がある以上、なんとしても失脚させねばならない。

それに長安は、正純の父、正信の宿敵大久保忠隣の保護下にある男だ。ここでなんとしても長安を堕すきっかけを摑まねば。それが正純の魂胆であった。

岡本大八事件から間もない五月、江戸のソテーロから思いがけない報せが忠輝の許にもたらされてきた。

浅草の施療院が、町奉行によって徹底破壊されたというのだ。

「一体何があったのじゃ！」

忠輝は吼えた。あの施療院こそ、ソテーロとの出会いの場である。そして、医療から南蛮語、キリスト教に対する理解と知識を知るきっかけとなった所だ。言ってみれば、まさに忠輝の青春を開明させてくれた殿堂である。

その施療院が、幕府の手によって壊されたということは、ソテーロの手紙通り、秀吉に次ぐキリシタン禁止の発令である。

今になって急にそんなことが強化されるとはどういうことだ。

（幕府は何を考えている。それに長安はどうしているのじゃ）

直ぐにも江戸へすっ飛んでいきたいところだが、領内に不穏な動きがあると聞いては残念ながら動けない。

㈢

それから一年がたった。

しかし、どこからも長安の便りはなく、また戻ってもこない。

遅い越後の桜が散り、はや新緑が芽吹き出した。花の下で落花を盃に受けながら
酔った日がまるで嘘のようだ。

(花はやっぱり短いな)

そんな感慨を覚えながら濠の外から戻ってくると、

「殿、江戸からの急使にござります」

と三九郎から呼びとめられた。

「急使とは何じゃ？　またよからぬことであろう」

昨年の今頃である、江戸の施療院が壊されたのは。

(次はどこをどう壊したというのじゃ)

そこへ玉の汗を浮かべながら使者が伴われてきた。三十半ばの中背の男である。

「弥之助にござりまする。隼人正殿から預りました書状にござりまする」

書状には汗の匂いがしみている。

「大儀じゃった」

大体急使というものは、いい話を持ってはこないものだ。江戸や京・大坂、そし
て長崎の施療院破却の次は教会の破却であった。

（その次にくるものは……）

キリシタンの拘束、追放か。そんな予感は既にあった。ところが書状を開いた忠輝の顔がみるみる変わった。

「何事にござりましょう」

不審の目で寄ってきた三九郎に、忠輝は黙って書状を渡した。

「殿——」

開いた書状の文字は、「慶長十八年四月二十五日　大久保長安殿逝去」というものだった。

（あの長安が——死んだと⁉）

信じられぬことだ。それにこの報せには、俄《にわか》の病気とも何とも書いてない。つまり死因が記《しる》されていないのだ。

三九郎も首を傾げた。どこでどういう風に亡くなったのか、それがない以上、闇討ちに遭ったととれないこともない。

「ここは私奴が直ちに江戸へ走り、事の真相を確かめて参りますゆえ、殿には下手に動かれませぬよう。

いろいろと噂の絶えなかった長安殿でござりまするが、それでも長安殿は福島藩の付け家老、よって殿やお家の禍の種にならんとも限りませぬ。これからは全て私奴にご相談いただきたく」

「うむ」

長安の急死の報にも三九郎は冷静である。四年前、駿府城内の家康の面前で、川中島藩内訌の対決を実に見事に切り抜けた男である。

明晰な推理と人間洞察の勘、それに茶阿局指示の使命感、いや、それ以上に忠輝への忠誠と衆道のこころがある。

出立の朝、三九郎はこっそりと忠輝の居室に現われた。

「只今から供一人を連れて出ますが、必ずここにご滞在を。そして、私奴のお指図以外は、決して決して受けられませぬよう。城中にも何が潜んでいるやわかりませぬゆえ、ゆめゆめご油断なく。それでは」

と、まるで忍びのように立ち去った。

三九郎が風のように去った後、忠輝は初めて寂寥感に襲われた。

長安とはじめて会ったのは川中島である。当時十二歳の忠輝には、ただ奇妙な老《ろう》爺《や》としか映らなかった。

あれから十年、その奇妙な老爺は、年に似合わぬ行動力と策謀家であった。舞の名手が、武田没落後、家康に取り入り、なぜか忠輝に近づいてきた。それからは西の石見《いわみ》や佐渡の鉱山《やま》に入って膨大な金造りを始めた。勿論幕府の金《もの》だが、漏れる量もあるはずだ。それが暴《ば》れたのではないか……。

付け家老とはいっても、常に不在で、たまに風来坊のように現われた男である。

「長安殿は危うございまする。彼《あ》の者をお付けになってはご当家の禍となりましょう」

何度これを山田隼人正たちから聞かされてきたか。しかし、三九郎はなぜか明からさまに長安排斥のことばを口にしなかった。それは今でも不思議である。あれだけ明敏、かつ慎重な三九郎がである。

(もしかしたら金春座《こんぱるざ》の……)

茶阿局の娘婿になる前は、大和にいたのかもしれぬ。そしてもしかしたら三九郎と長安は同根。

一見、水と油、静と動だが、二人は忠輝の前に現われる前から繋がっていたのかもしれぬ。それを結びつけたのは誰か?

(もしかしたら茶阿局)

恐ろしい女性《にょしょう》だ、わが生母は。そんな女性ゆえ、家康を摑んで離さない。

（それなら教えてくだされ母者殿。長安を殺したのは何者じゃ）

三九郎は慌てて江戸へ走ったが、果たして長安の死の真相を掴むことができるだろうか。

江戸藩邸で、三九郎が山田隼人正や山田出雲守、大膳直之から聞いた話はこうである。

五月五日、江戸奉行所から長安急死の報を受けた。死場所は駿府の長安屋敷で、駿府から江戸奉行に連絡が入ったようだ。

正直言って、長安急死の報は、福島藩家老たちの愁眉《しゅうび》を開いた。とかく黒い噂の多い長安である。この長安と忠輝が親しく結びついていることが、家臣たちの心配の種であった。

即ちキリシタン信徒との繋がり、それに佐渡金山にかかる黒い噂、どれ一つ取ってしても藩の改易に繋がりかねないものである。これでどうやら重い腫物が落ちたといったところだ。

「そこでわれらは直ちに駿府に走りましてござる」

直ちに駿府町奉行に赴き、与力同道で長安屋敷に赴いた。長安屋敷といっても、これまで隼人正たちは行ったことがなく、与力に付いて黙々と歩いた。

そこは久能山城に近い山の中で、切り立った崖の、海を前に、鬱蒼《うっそう》とした森の中にひっそりと建っていた。町中からは半日以上も歩かなければならぬ道のりで汗をかいた。

(どうしてこんな不便な所に……)

一行は一様にそう思った。こうした言わば隠棲じみた自邸を設けていたところが、長安らしいと言えば言えるだろう。

門扉を叩くと、ややあって足音が聞こえ、ゆっくりと扉が開いた。現われたのは白髪頭の老爺である。

「入るぞ」

老爺はゆっくりと表玄関を開いて数人の侍を玄関に入れた。黙々と廊下を歩き、案内された奥の間に入ると、仏壇の扉が大きく開かれ、灯明と線香の香りが漂っていた。

「われらは江戸からきた越後松平の家老たちじゃ」

老爺は深々と頭を下げて傍らの柩《ひつぎ》の方に目をやった。

「死因は何じゃ」

「多分卒中かと思いまするが……」

「それにしても死亡が四月二十五日というは、もはや十日以上もたっている。これはどういうことじゃ」

その訳はこうである。殆んど空き家同然になっていたため、留守を預る老爺も、時折掃除や見廻りにくる程度で、ここ何年も長安と顔を合わせることがなかったという。

そして七日前、ここにきてみると、なんと長安が居間で倒れていた。

「はじめは眠っておられるのかと思いましたが、様子がおかしく近づいてみると、顔色は蠟茶のように見え、それになんとも鼻を衝く匂いにびっくりいたしました……」

ということは、既に死臭がただよい、遺体の腐乱が始まっていたということだ。

「まさか殿がそのようなことになっているともしらず、申し訳のないことを」

と老爺は手をついて頭を上げなかった。聞けばあり得ることである。長安のような生き様では、全く捉え難く、老爺の言い分に嘘偽りがあるとも思えない。

そこで一行は柩を開けたが、ただならぬ死臭に忽ち蓋を覆い、それから与力たちの力も得て、屋敷内に埋葬したという。

そこで三九郎は言った。

「ご苦労でござったが、一つお訊きしたい」

「はあ」

「この温《ぬく》さでござれば腐乱の進むことはわかりますが、それでも死体を一応はご検死なされましたか」

「検死といわれても……あの様子では……」

「つまり外傷がなかったかということでござる」

隼人正たちは黙った。あの時それを思わんでもなかったが、何しろ鼻を衝く腐臭に早く片付けたいという思いが先立っていた。

「ともかくひどい状況じゃったゆえ、特に検死はしなかったが、われらはこれでほっとしているところじゃ。奉行所の言う『卒中』でござるよ」

隼人正は語尾を強めた。

「そうか。いや、ご苦労でござった」

三九郎は素直に返した。彼等の心中もよくわかり、駿府の久能山まで行った苦労を労《ねぎら》わずにはいられない。

六十八歳という高齢からして、卒中死を怪しむ者もなく、長安の死が福島藩と忠輝にむしろ幸いしたことになる。そう思う一方、長安の死に疑義がないわけではない。

その不安が的中したのは、長安死後の恐るべき幕府の措置、即ち長安の妻子に対する断罪である。

「ということは、長安殿の死が卒中死ではなかったということでござるか」

「うーむ。幕府は前々から長安殿を泳がせておきながら、始終監視の網を張っておった」

「それで、何をどう把《つか》んだというのじゃ」

大膳直之は悲しい目を向けた。

「ここにこういう通達がきておりまする。ご覧下され」

一は、佐渡金山奉行の立場を利用して、夥《おびただ》しい金銀を佐渡の長安屋敷と福島城内に隠匿していた

二は、数年前からキリシタン大名や浪人たちと密携し、幕府転覆を企てていたというものだ。かくなる上は本人のみか、その一族にも及ぶ仕置きとなることは必定である。

急遽福島城に戻ってきた三九郎は、忠輝に委細を告げた。

「そういうわけで、近々城内にも隠匿の調べが入りましょう。そこで殿にはお屋敷の方におられて、決して城にお出ましいただきませぬよう。私が立ち会いまする」

そう言いながら三九郎は深い吐息をした。

(これは川中島(内訌)どころではない)

「したがそのような金《もの》がここに在るのだろうか」

「わかりませぬ、長安殿のなされようは。したが私の推量ではそのようなことはないと存じまする」

「何をもって」

「長安殿の夢が殿にある以上、殿を堕としめるような愚はいたしませぬ。ここに隠匿したならば、お家は潰されまする。そして殿も」

「すると金の横流しというは、奉行所(幕府)の捏造《ねつぞう》——要は長安を消すための」

「大体、金山奉行が平穏におさまるわけはありませぬ。本人もやがて金に溺れましょうし、それに幕府が一番神経を尖らせている所ですから。余程の人望家でない限り、金を操った人間は除かれ消される運命にあります。

そのことを長安殿自身もわかっていたゆえ、滅多に殿の前には現われなかった。

まるで忍びのように現われ去っていった男ではありませぬか」

「うむ。今じゃから言うが、余に語った長安の野望は、余にも夢でしかないと思えた。キリシタン七十万信徒云々とは言っても、果たして長安のために動く人間がどれだけいるか。

たしかに長安は年に似合わぬ精力家であり策士じゃったが、彼《あれ》は常に弧《ひとり》じゃ。盟友もなければ忠義の士もない。それに余を、その旗頭になどと言っていたが、第一余には幕府の頭をやりたいなどという気がない。

余はこの国を離れて、外国へ行ってみたい。キリシタン禁令によって、ソテーロはいよいよ日本を離れるじゃろう。そのソテーロに従っていきたいが本心じゃ」

いかにも若い忠輝の夢である。しかし、そんなことが許される情況ではない。

「ともかく殿には一切知らぬ存ぜぬを通していただきたく。たとえどんな夢がおありであろうと、ともかく殿は福島七十五万石の太守として、藩士や領民を守らねばならぬ義務がござります。

そのことを確と銘じられまして、この場は切り抜けていただかねば――」

「ああ、わかっている」

くどいぞ、と言おうとしたが、いつまでも頭を上げぬ三九郎に、忠輝は追句をやめた。

福島城内からは金銀の隠匿はなかったが、佐渡と福島城下の長安屋敷から膨大な量が見つかり、一族の捕縛が始まった。

長男藤十郎（三十七）次男藤二郎（三十六）三男権之助（三十）四男運十郎（二十九）五男藤五郎（二十七）六男右京（二十三）七男藤七郎（十七）以上七人の切腹、うち七男は既に僧籍にあったがそれでも仮借なかった。

ほかこれに連座した者といえば、長男藤十郎の妻の父、石川康長（信濃松本八万石）没収の上、お家廃絶。その康長の妻の姉妹を娶った高橋元種（日向七万石）、富田信高（伊予宇和島十二万石）も共に所領没収。康長の息子康勝、康次も同様というものだ。

累がここまで及ぶとは、いかに処罰が峻烈なものであったかを物語るものだ。あたかも独身の素浪人の如き長安だった。これまで一言たりとも家族のことを語らなかった長安に、七男もあったとは驚きだ。

彼等が父の所業も知らず、いきなり父の罪に連座させられるとは、どれほど驚き、怨み募ったことだろう。

(長安よ、どうしてそんなに子を持った。終生、孤《ひと》りがふさわしかったものを……)

ところが一人、妻女の消息だけが不明だという。息子のみか、縁類に訊いてもわからぬらしい。

(見つからねばよいが)

恐らく脚も立たぬほどの老女であろう。長安はこの日あるを予想してか、妻の所在だけは誰にも告げなかったのだろう。

忠輝の憶測では、長安の出身地大和である。大和は長安の隠れ里であった。そこにも当然探索の手は伸びていようが、今に至るも捕えられたという話がない。ということは、何らかの伝が大和に走り、老女の跡を消したのかもしれぬ。

(妻女殿よ、せめて御身だけでも生き長らえよ)

こうして長安事件の粛清の嵐が過ぎるまで、じっとしていなければならない。すると逆に長安のことが思い出されてくる。

あの年まで、長安の夢を支えた根拠は何だった。

(忠輝に——)

などと言ったがそれは幻想だ。自らの野望の前に、長安は何を失った。本来長安は大和金春《こんぱる》座猿楽を率いるはずだった。それが父の意志で大和を去り、武田に仕えた。これは本心ではなかったろう。

ところが武田が滅び、返る場所を失った長安は、傀儡《くぐつ》遊行の血を呼びさまし、武技に替って鉱山《やま》の技術と謀略を売りに家康に近づいた。

そしてある程度地歩を得た頃、家康に飽きてきた。関ヶ原戦後、家康の目ざすものが、秀吉時代と異った統制と拘束にあるとわかったからだ。

長安の血は自由闊達の血である。その血をたぎらせ、闊達の世を拓く夢を託そうとしたのが忠輝だった。

（しかし、余はおぬしの夢を託せるほどの男ではない。ただの拗《す》ね者でしかないのじゃ）

そう自虐すると、却って長安が大きく見えてくる。たとえ絵空事であっても、あのような夢を吹きかけ、囁いてくれる人物はほかにないだろう。

（長安よ、余はおぬしを憎むどころか、懐かしいぞ）

㈣

長安一族の血の粛清が終わったのは夏の終わりだった。はや虫の集《すだ》く声が庭の隅から聞こえてくる。

湯浴みをして縁側に出てきた忠輝に、七郎太がこっそりと近づいた。

「おう、七郎太」

「殿、悲しいお報せがございます」

「悲しい報せじゃと？　おぬしらしくもない」

忠輝は軽くあしらった。

「これは殿にとって一番お辛いことかと存じます」

「持って廻ったような口じゃな」

そんな軽口を切るように七郎太は語気を強めた。

「三九郎殿が急死なされました」

途端、忠輝の表情が凍った。

「今、おぬし何と言うた」

「三九郎殿が亡くなられましたと」

忠輝は絶句した。

（迂闊であった）

今、その思いがしきりである。三九郎の娘は、長安の六男、右京の妻であった。そこで三九郎は直ちに右京の許から娘を引き取った。

駿府ではこれまで何度も三九郎の処罰について論議された。しかし福島藩筆頭家老の三九郎が処罰されては、当然忠輝にも及ぶことになる。駿府の迷いはそこにあった。

そこで、ずるずる延ばしに延ばしたのは、三九郎の自決を待つということだった。それが福島藩と忠輝を救う道である。いずれにしても、三九郎の命はなかったということだ。

忠輝もそれを予感しなかったわけではない。だからといって三九郎を救う手だてはなかった。

思えば三月《みつき》前、江戸から戻ってきた三九郎とじっくり話し合ったのが最後となった。あのとき三九郎は、くどいほど忠輝に藩主の務めと態度を説いた。

そしていつまでも去り難いように忠輝の前から離れなかった。

三九郎は既に死を覚悟していた。今生の別れとも気付かず、忠輝は未練をたち切るように自分の方から座を立ってしまった。

（何たる浅墓《あさはか》）

三九郎の心を見抜けなかった己が悔やまれてならない。

「場所はどこじゃ」

「松代にございます」

（松代か）

城下で騒ぎを起こしたくなかったのだ。

「今から行くぞ」

「松代でござりまするか」

長安の死に立ち会うことができなかったばかりか、三九郎まで卒然失ってしまった。かくなる上は、せめてその亡骸《なきがら》を抱いて、忠輝の魂を吹きかけたい。

「お伴つかまつりまするか」

「いや、こっそり抜けていくゆえ、城の者には内緒じゃ。奥に寝ているとでも言ってくれ」

関川沿いに南へ馬を飛ばす。夜中走り通せば夜明けには松代へ着くはずである。馴れた路である。それに幸い星明りと月も出ている。

忠輝は闇の中をまっしぐらにただ走りつづけた。

（余が着くまで検死の手に触れさせるな）

忠輝が花井屋敷の門に馬を乗りつけ、息も荒く中に入ると、三九郎の嫡男主水《もんどの》正《しょう》義雄が出てきた。

「殿！」

「どこじゃ、三九郎は」

悲しみと怒りを混ぜた顔で怒鳴った。荒々しく廊下を歩いて仏間に入ると、線香の香が匂って、白布で顔を覆った人が仰臥している。

「三九郎！ 忠輝じゃ」

白布を払った三九郎を抱き起こすと、忠輝は生ける人のように抱きしめた。

（どうして逝った。目を開けよ。余を怒れ！）

しかし、あの涼やかな目は開かず、しなやかな体も冷たく硬い。二人で舞った至福の時が脳裏を掠めた。抱けば抱くほど、寂寥と虚《むな》しさに襲われてくる。

「父は不覚にも食に当たりましてござります」

主水正はそう言ったが、忠輝にはわかっていた。

自害では長安の非を、藩として認めたことになる。ということは、藩主にも及ぶことになるからだ。ゆえに、三九郎の死はあくまでも病死でなければならなかった。それを熟慮しての病死、服毒死だったのだ。

長安を失い、つづいて腹心三九郎に死なれた喪失感はあまりに大きい。

(余の両杖だった二人を死に追いやった者は誰か)

忠輝の目に、両頬を垂らした老醜の家康が大きく浮かんだ。

㈤

慶長十八年八月二十一日の花井三九郎の死から一ヶ月がたっている。

秋の陽差しが駿河の海に照り、穏やかな駿府城の一ときである。そこへ江戸から本多正信がきている。

七十五歳になる正信は、このところめっきり衰え、薄い白髪を絡げた頭に、皺だらけの渋皮を張ったような顔ながら、目にはまだ強さがある。

「おう、きたか」

これまた七十二歳の家康も、よく似た風貌の老爺である。

「これで一件は終えましたが」

長安事件の始末を一手に掛けてきた正信と正純である。長安の才を使うだけ使って、キリシタン取り締まりと共に葬り去り、隠匿した膨大な金銀はそっくりそのまま駿府城内に収蔵してしまった。この措置については、正信以上に家康は満足している。

「ところで六日前の十五日、(伊達)政宗の船(遣欧使節船)が仙台の月の浦から出帆しましたが、そこにソテーロも乗っていました」

遣欧使節に、仙台藩士支倉《はせくら》常長を大使として送ったが、ソテーロが乗船したのは、キリシタン禁止令に、日本を離れようとしたためだ。

それはそれでよいが、正信が敢えてこのことを話題にしたのは、政宗がこの際、忠輝夫妻を一緒に乗船させてヨーロッパに一時避難させようとしていたのではないかと勘ぐっていたからだ。

「政宗はその前に御所様の前に来ませんでしたか」

「こなかったの」

正信は皺首をひねった。

「忠輝のことか」

「若の奥(正室)が政宗の娘である以上、来ないはずはありませぬが。合点のいかぬことにござりまするなあ。普通なら素っ飛んでくべき所でござりましょう。それもせずに、そのうえ娘を引き取る風もなく」

　正信は機嫌が悪い。

「ま、よいではないか。内心困っていよう。それで眼を海外に向け、その船でソテーロを追い出したのじゃからそれでよい。

　それより正信、これから政宗の使いようがあるではないか。大坂と戦さになれば、東北の軍を率いて真っ先に働かせねばならぬからのう。あまりその前に苛めんことじゃ」

「そう言われればそうでござりまするなあ」

　正信は溜息をつきながら庭の枝越しに駿河の海を見やった。正信の頭から政宗が消え、今度は大久保忠隣《ただちか》が入れ替わった。

（いよいよ彼《あれ》〈忠隣〉を料理する時がきたわ）

　小田原城主大久保忠隣は将軍秀忠の傅役《もり》であり、今は幕閣随一の重臣である。彼が今の地位を得たのは単に傅役だったからだけではない。

　関ヶ原の戦さの後、家康が徳川家世嗣について重臣たちに諮問したとき、他を押さえて秀忠を強く推弁したのが忠隣だった。それだけに秀忠の絶大な信頼を受けている。

この忠隣と正信は宿敵の間柄である。忠隣の失脚を目論む正信は、家康存命のうちにと考えている。

その機会がやってきた。長安事件である。忠隣と長安の関係が生じたのは、長安が武田没後甲州から浜松へやってきた頃である。

舞曲を好むという忠隣に取り入り、大久保忠佐《ただすけ》から「大久保」の名字まで貰うまでになった。

そんな関係ゆえに、忠隣は長安から多額の金を受けていた筈《はず》だ。それを探るため、正信は密かに忍びを小田原城内に送りこみ、忠隣の身辺から私邸の縁の下まで捜させてきた。

ところがなかなか見つからない。そんな筈はないとなおも城内に留め置いていたところ、元武田家の重臣穴山梅雪の家老が、穴山家没落後、訳あって忠隣に預けられていた。

馬場八左衛門という老人で、この男がどういう事情があったのか、忠隣の不法蓄財の訴えを提出したのである。

(これで証拠を得た)

正信は凱歌をあげる思いで駿府城へ乗り込んできた。

「御所様」

やおら口火を切ろうとすると、

「彼《あれ》はどうしてこぬのかなあ」

と家康は呟くように言った。

「彼とは一体どなたで？」

正信はギョロリと目を剝いた。

「うむ……」

家康は口ごもった。

（大御所は一体、誰を待っておられるのじゃ）

「越後じゃ」

「越後といえば、三九郎も急死いたしましたが」

「ああ三九郎は忠輝に替わって死んでくれたようなものじゃ。茶阿からわしは泣かれてのう、ほとほと困った」

「……」

「三九郎ほどの美しい舞を見せてくれる者はほかにはあるまい。もう一度、いや何度でも彼《あれ》の舞を見たかった。惜しいことを……」

男の価値を、武と謀略の才とのみ思い込んでいる正信にとって、舞なぞ慮外のことであった。

「して大御所様にはどなたを?」

「これだけ言うてわからぬとは、そちもいよいよ呆《ぼ》けてきたようじゃのう。越後の主は誰じゃ」

「あっ、これはつい。そういえば若は真っ先にここへ詫びにこなければなりませぬ。それがこられぬようでは……」

(鼻っ柱の強い伜じゃ)

家康は苦笑した。

「して、若をどうなされまする」

「長安の二の舞を、そちにやってもらおうか」

「……」

「卒中死のようにうまくはいかぬぞ」

(大御所はやっぱり見抜いておられたか)

「返事がないの」

家康は苦笑を浮かべながら正信を揶揄《からか》った。

「大御所様」

「ああ」

「あの若は、私奴が栃木まで抱いていった若にござりますれば」

「可愛いか」

「はあ」

「ま、三九郎が替わって死んでくれたゆえ、越後のことはこれで仕舞いじゃ」

「あの若をお宥《ゆる》しいただけますなら、今度は歴とした者を家老に」

「何を言う。長安や三九郎じゃったからこそ、おとなしくしておったのじゃ。彼《あれ》には長安や三九郎こそふさわしかった。そちの言う歴とした者なぞ、とても忠輝を捌《さば》けぬぞ」

（大御所様はよく人間を見ておられるわ）

「それではどのように」

家康は目を細めて、遥かな海上を見やった。

そして暫くしてから、

「奴の面目を一新させるべく、新しい城を築《つく》らせようと思うている。国役普請で、加賀に対抗する新城じゃ」

「ほう、なるほど」

「反骨の骨を抜くのは、大身という温々《ぬくぬく》した封土と、旨《うま》い暮らしじゃ。人間はそれにすぐ馴れる。するといつのまにか女のように柔順になる。

越後の伜にはその手でいく。そうでないと、越前の孫がおる。あれらがつるんで大坂に色目でも使うたら大変じゃ。徳川の面子が立たぬわ」

「はあ」

「そのための新城を築らせる。伊達を総奉行にしてじゃ。遣欧船の次は、娘婿のために金を使わせる」

「恐れ入りましてござります」

元来越後は、二百年にわたり上杉氏の治下にあった。ために上杉氏に寄せる領民の愛着は深く、上杉氏以外のどんな藩主が入ってきても、治政の難しい所があった。

まして十九歳の忠輝が歓迎されるはずもなく、民心の一新を考えての首城の移転である。

大体、水城といわれる福島城は、海に突き出た天然の要害だが、保倉・荒川の洪水に悩まされてきた。そこで福島から南二里の平地、菩提《ぼだい》ヶ原を選ぶことにした。

築城は国役普請により、伊達政宗を普請総裁に、助役を金沢前田藩以下十三の外様大名に当たらせる。そして規模は名古屋城に劣らぬものとする。

縄張りは内郭《ぐるわ》（本丸・二の丸）東西三百間、東西四百七十間。外郭（三の丸）は更にその倍という広大さである。そして外側に武家屋敷に町人・寺町という区画である。

「殿、危いところをよう切り抜けられましたなあ。一時はどうなるかと……まあ改易は免れぬだろうと覚悟いたしておりました。それが改易どころか、高田に新城を築れという大御所様のご指令、やっぱり大御所様は殿を可愛いのでございますよ」

「ほんとにこれでわれらも安堵いたしました。それに今度は国役普請でございますから、安心でございます。それも図面を見ると大変な城郭、よくもこんな城が出来るものだと有難いやら嬉しいやらで……」

家老たちは口々に事件の結着の意外さと、新城建設に喜んでいる。

しかし、忠輝の気持ちはそれと裏腹である。長安を失い、三九郎まで逝ってしまった。

片や男の野望《ゆめ》に殉じ、片や忠輝のために散った。そんな後に、新城などどうでもいい気持ちだ。

黒姫、焼山の頂きが白くなってきた。

そして十一月に入ると雪は間断なく降りつづけ、四界は白一色になって動きを止める。

乾いた関東の冬に馴れた体に、雪の重さと量に戸惑い、江戸にいることが多かったが、キリシタン妻を迎えるや、越後に移った。

そうして越後に落ち着くと、野山の色の変化、雪の美しさに初めて気付いた。厄介なものだと思っていたが、雪がこんなに神々しいものだとは思わなかった。

その雪の中で、二人の男の鎮魂を念ずるように忠輝は動かなかった。

すると年が明けた慶長十九年(一六一四)、暦が二月に移ろうとするとき、雪を分けて江戸家老からの書状を携えた二人の使者がやってきた。何事かと見ると、幕命を受けてキリシタン取り締まりに正月五日上洛した大久保忠隣が、いきなり京から近江の栗本郡上笠村に配流され、二十一日には忠隣の小田原城が没収、破却されたというのだ。

長安事件と絡めた、本多父子による大久保忠隣の失脚である。

（憎き正信奴が！）
忠輝の目に炎が上がった。

第八章❖越後高田

㈠

魚津まで海岸線を一気に駆け、明くる日は早朝宿を出て富山の湾《うみ》を右に、天を衝く白銀の秀峰、立山連峰を左に眺めながら春の路をひた走る。

「いい景色でござりまするなあ」

「越後の海もようござるが、富山の湾《うみ》は山が近う見え、走り去るには惜しゅうござります」

忠輝に従うのは七郎太と三郎である。藩主の微行《おしのび》に余分な伴は連れられない。行く先は加賀金沢である。といっても前田家に用があるわけではない。目的は越前の松平忠直である。

秀康の死、それに忠直の慶事、つづいて「越前騒動」と、忠直の身辺は異常なほど騒がしかった。

それに忠輝の方もまた、川中島から越後、そして長安事件に三九郎の死と、忠直に引けをとらぬ事件に見舞われた。

しかし、どんなことがあっても、一度は会いたい忠直である。まして越後にきたからは、海沿いに走れば越前はそう遠くはない。

そんなことで、北ノ庄へ行くと手紙を送ったところ、忠直から返事がきて、北ノ庄ではあまりに遠く、それより越後と越前の中間点、加賀金沢ではと言いよこしてきた。

往還の雷の解ける三月半ば、日を定めて金沢の清流、浅野川辺りの役宅でということで出てきた。

夕方、まだ寒い金沢に入り、浅野川に架かる橋を探した。役宅は一目でわかるはずである。

橋から見ると、一見してそれらしい築地塀をめぐらした屋敷がみられ、番卒《そつ》が門の外に立って人待ち顔である。

近づくと番卒はびっくりした。そして、

「いずれの方々じゃ」

と詰問した。

「越後から参ったと殿に申し上げてくれ」

そう言った途端、番卒はびっくりして地べたに手をついた。

「どうした。そんなに恐縮せずともよい」

笑いながら言うと、

「そろそろとは思うておりましたが、越後の殿にはてっきり駕籠《かご》でおいでなさると思うておりました。それがまさか騎乗とは——恐れ入りましてござります。それではお馬を」

更にふえた番卒たちが三人の馬を引いていった。すると門の内から裃姿の男が出てきた。

「越後からじゃ。越前殿はおられるか」

「はっ、昨日からお待ちでござりまする」

そう言うと丁重に忠輝と従者二人を案内した。部屋に入る前、二人は低声で忠輝に訊いた。

「われらは別室で」

「いや、おぬしたちも紹介しておこう。どういうことで役に立つかもしれぬでな」

伸

戸が開いて忠輝は敷居を跨ぎ、ゆっくりと忠直の近くに進んだ。

「越後の忠輝でござる。後ろに控えるは供の者にて七郎太と三郎。お見知りおきを」

とゆっくり一礼して顔をあげた。

初めての忠直である。会う前までは、豪雄と謳《うた》われた秀康の面影を忠直に重ねてきた。

ところが目の前の忠直は、忠輝の描いていた面影とは似ても似つかぬ男である。細面《おもて》に白い顔、やや神経質ともとれる眼差しから、全体の風貌は予想とはるかに違っていた。

(こういう男だったのか)

どちらかというと女性的で、忠輝の好みではない。

しかし、忠直の方もまた、異相といわれる忠輝に驚いているのかもしれない。

「ともかくお会いしたかった。それで馬で駆けて参りましたぞ」

「馬で越後から……」

「そうとも、おかしゅうござるか」

「いや、驚き入りました。それではまるで速駆けの使者のようで……」

「余はおよそ駕籠などというものを使ったことがない。あんな狭い中に押し込められて、ゆさゆさと揺られてなどいたくないのじゃ。それより自分で手綱を取る。その方が速く自在ではござらぬか」

「ハハハ……そう言われれば」

忠直は豪放な忠輝に目を見張りながら、

「叔父上、このたびはわざわざ金沢までお越しいただき……」

と改まった。

「その叔父上と言うことばをやめて下され。忠直殿と余は五、六歳の違いじゃ。兄のようなものではないか。少なくも余は忠直殿を弟のように思っている。それゆえこうして馬で駆けつけたのじゃ」

それから七郎太と三郎を紹介すると、余人を全て退け、二人は間《あわい》を縮めて対座した。

「余が忠直殿に会いたかったのは、叔父・甥だとか、懐かしいなどということではござらぬ。お父上、秀康殿ご逝去の真因を忠直殿の口からお聞きしたかったのじゃ」

忠直は戸惑った。今頃になって忠輝からそれを問われたことと、越前松平家、門外不出の死因を、どこまで語ってよいものかである。

忠直は暫く黙った。忠輝の心意が摑めないからだ。

「父が亡くなったのはもう七年前でござります。それを今になって忠輝殿は……。どういう魂胆にござりますか」

「忠直殿が余のことをご存知ない以上、不審に思われるのはやむを得ませぬが、余が秀康殿を懐《おも》い、その死に義憤を感じたのには理由《わけ》がござる」

「……？」

「余も秀康殿と同じような出生と生い立ちにござる。即ち父に疎まれて他家にやられて育った。これは十一男を生《な》された大御所にして二人だけじゃ。ゆえに余が秀康殿を懐《おも》い、その死に疑念を持つのは不自然ではござるまい」

「殿が父と同じように疎まれたなどと？」

「くどくは言わぬが、余は生まれたときから捨てられた。捨て子じゃよ、そして育ての親は下野《しもつけ》栃木の皆川広照じゃった。ところが弟が死んだため、急遽松平姓を貰い、深谷・佐倉・川中島、そして福島から高田へと、いわばトントン拍子じゃ。

したがこれは大坂を意識しての包囲網じゃ。余を愛しゅうて越後へ据えたわけではない。大坂攻めが近いと見ている。それもあってここにきたのじゃ」

「そうでございましたか」

　忠直の目の色が変わった。

「秀康殿の死は、服部半蔵でござるの」

　忠輝は射すくめるように見つめた。

「そんなことまでよくご存知で——一体殿はどこの誰から聞かれました」

　忠直は動揺した。

「物事というものは、たとえ門外不出の秘事であろうと、時がたてば、少しずつ溶けるように流れていくものでござるよ。

　余が耳にしたのも、北ノ庄から越後へやってきた者の口からじゃった。それを聞いたときの余の驚きと怒りは、忠直殿には及ぶまいが、それでも余は涙を流し、復讐まで考えた」

「復讐でござると」

「そうとも」

「そんなことができまするか」

「復讐はいろんな形でやるものじゃ。要はそれをやる側の情念と決意、それに機会が必要じゃ」

忠直は驚くばかりである。

「したがわれらにそんなことができましょうか。相手は駿府の大御所」

「ならやめまするか」

忠輝はのぞき込むようにした。

「輝殿がその気ならば、余も共に懸命つかまつろう」

忠直の心がこちらに向いてきたようだ。

「して、どのように」

その目がキラキラしてきた。

「と言うてもな、われらは駿府に弓を引いたり、江戸城を攻めたりなぞできるわけがない。まして忠直殿の奥方は江戸の姫、北ノ庄には江戸から多くの手の者が城の内外に張りついていよう」

「ではどういうことにございます」

「近いうちに戦さが起こる」

「戦さ？」

「それで直ぐ、気が付かぬでは困りましたぞ」

忠輝は笑った。

「大戦さが残っていよう」

「もしかしたら大坂と」

「これまで、いろいろと大坂に出費を重ねる無理難題を押しつけてきたが、そろそろ時機がきたようじゃ」

「それはいつ頃」

「いつ頃とはわからぬが、どうも年内には起こりそうじゃ」

「よくそんなことがおわかりですね」

「うむ。余もいろいろと聞かされてきたゆえなあ」

「誰からお聞きになられたのですか」

忠直の顔が近づいてきた。

「大久保長安のことは知っていよう」

「ああ、とうとう忠輝殿の側から消されましたが、あの者ですか」

「忠直殿にはわかるまいが、長安ほど徳川家の動きに精通していた者はなかった。余はどれほど長安から教えられたか……そういうことじゃ」

「したがいかに長安とて、一人で動けるものでもござるまいに」

「長安の抱えている影者じゃ。何人抱えていたかは知らぬが」

そのとき忠直は、もしかしたら父秀康の死や、「越前騒動」のことも、熟知しているのではないかと思った。

「それでいよいよ戦さとなれば、大坂城に入って、徳川家に反抗《はむか》いまするか」

忠直は居直った。

「いや」

忠輝はそれを打ち消した。

「父上の無念を晴らすはそれしかありませぬ」

「したがそれでは藩をどうする。家臣たちは従うまい」

「……」

「われらは否応なしに徳川家門じゃ。それゆえ大坂城へ入ることはできまい」

「ではなんといたしまする」

「それを告げるために越後から飛んできたようなものじゃ」

「？」

忠直は凝然と忠輝を見つめた。

「われらは」

「戦さになったら将軍は出陣命令を発する。そこでわれらも命令通りの兵員を出動せねばならぬ。そして定められた戦さの陣につく。しかし」

「しかし？」

「戦わぬことじゃ」

「そんなことができましょうか」

　忠直は目を見開くようにした。

「戦うふりをしていればよい」

「したがそんなことを家臣たちには言えませぬ」

「そうじゃ、それは言えぬ。しかし、大将にその気がなくば、将兵たちの士気はあがらぬ。それでいいではないか。ゆめゆめ手柄なぞ考えぬことじゃ。それも一つの戦さというものじゃ。

　忠直殿が出来なくとも、余はそうする。そして戦さの後の論功で、われらをどう扱うか、それは駿府の心次第じゃ。腹を立て、減封などと言い出すやもしれぬ。それでもいいではないか。余は大御所を怒らせたいのじゃ」

　それが忠輝の戦さである。

「忠輝殿がそこまでお考えだったとは驚きました」

　それからみれば忠直は、妻勝子に父の死の怨みや、祖父家康への不満をこぼしていただけだ。

それにしても、ここまで考えている忠輝の執念には驚くばかりだ。

「したがな、この芝居は、命がけで戦うより難しいことじゃよ」

「そう思いまする」

「おそらく重臣や忠臣から窘《たしなめ》られよう。それでも心の内を明かしてはならぬ。このことは、余と忠直殿の怨みじゃからな」

二人の共有する怨念は、家康一人である。

この戦いを、どこで家康に気づかせるかだ。

「こんなことは、忠直殿にしか明かせぬ。いや、忠直殿だから明かした。したが忠直殿にその気がなければ、それでもよいのじゃ。これは二人でやるというものでもない。つまりは忠輝一人の存念でよいのじゃ」

「いえ、私もそのように思いまする。いっとき大坂城へ入ろうかとも考えたりしましたが、それより忠輝殿の言われることに合点しました」

それから二人は黙った。耳を澄ますと、浅野川の水辺ではしゃいでいるらしい子どもの声が聞こえる。

㈡

屋敷の中はまことに森閑として、人の気配が感じられない。

小用に立つ忠直に、まだ話があるとして、酒肴を運んでくれるなと断った。そして戻ってきた忠直に、

「この屋敷にはどれほどの人が？」

と訊いてみた。

「日頃は全く留守居のみにて、広い割りに無人の如きものにござります。何しろここは前田殿の膝元、隣の越前松平は煙とうござりましょう。よってあまり人を置かぬことにしております」

と声を落とした。

「ところで奥方はいかがじゃ」

忠輝は話題を変えた。今度の金沢行きには、それも知りたい一つであった。

ところが忠直はふうっと溜息を洩らした。それからぼそりと言った。

「今頃こんなことを言うのはおかしゅうござるが、われらは一緒になるべき夫婦で

はなかったような……」

「なんと？」

「輿入れ早々、城の中の揉めごともござったが」

「ああ、騒動のことか」

「まあ、城の中で揉めているのならまだしも、城下で戦さになってしまいましたから」

「うーむ。姫はさぞ驚かれましたろう」

「それはわが藩の失態で、勝子には面目次第もないというところでしたが、それからもうまくいきませぬ」

「それはいかぬのう。したが、それからもとはどういうことじゃ」

「こんなことは忠輝殿だからこそ言えることで、誰にも話せることではありませぬが、われら夫婦は、従兄妹だからというよりも、将軍の姫というのがいけませぬなあ。それも、越前の怨み（秀康の死）を封ずるために輿入れしてきたようなものですから」

「そんなことはあるまい。仮初《かりそ》めにもそんなことを口にしては」

「いや、それを勝子の方から、初夜の床で言うのですから」

(あの勝姫が……)

名の通り、気の勝った姫であった。しかし、そういうことだけは口にすべきではない。

(困った姫じゃ)

「騒動の結着がつきましたところ、本多伊豆守という家老が駿府に直訴し、つまるところ、忠直の裁定を覆し、余の面目は丸潰れになりました。それを勝子に言ったところ、わたしは駿府のお指図で輿入れしたと、不満を述べるくらいですから、駿府の悪口などおくびにも出せませぬ。ま、われらは因果な夫婦じゃと思っております」

訊かずもがなのことを訊いてしまったと内心悔いた。

あの勝姫が、いわば生贄《いけにえ》のようにして北ノ庄へ嫁したと思っていたが、生贄どころか、将軍息女の風を吹かせているという。

しかし、あの勝姫にこの白面の忠直では、いかにも似合いとはいえない。

(不幸な縁組みであったか)

忠直につられて、つい溜息が出てしまった忠輝である。すると忠直も追いかけるように

「忠輝殿の奥方は伊達殿の姫と聞きましたが」

と話の向きを変えた。

「ああ、五郎八と書いて、いろはというのじゃ。政宗殿の初子じゃったため、男子の名をつけたようじゃ。政宗らしいのう」

「ハハハ、そうでござりますか。ところでその五郎八姫が、キリシタンと聞いていますが」

「ほう、北ノ庄あたりまで聞こえていたか」

忠輝としては、ひそかに越後で信仰をつづけさせているつもりだが……。

「ご家門の藩主が、よくぞキリシタン妻を娶られたものでござりますね。政宗殿の強い意向だったのですか？」

「いや、政宗殿はいろはがキリシタンじゃったことを知らなかったらしいぞ。それに余も知らなかった」

「それでは殿の所へこられてからのご入信」

「いや、余が知ったのは、初夜の新床であったぞ。開いた胸に揺れる銀のロザリオを見たときの驚き」

「それで殿は」

忠直は好奇の目で忠輝を見つめた。

「いざ新床で新妻を抱かんとするとき、ロザリオに驚いてなんとする。余はロザリオのまま、いろはを抱いた。信仰は悪ではない。信仰のない人間より上出来じゃと思っている」

「忠輝殿」

感じやすい忠直の目がうるんでいる。

「勇気がござりまするなあ」

「勇気じゃと、それはいろはの方であろう。余は静かな勇気を持った妻を愛《いと》おしいと思うている」

そう言うしかないではないか。忠直の妻にまだ未練があるなぞ、口が裂けても言えることではない。そんな忠輝に、

「羨ましゅうござる」

と忠直は息を吐きながら言った。

㈢

油蟬が名残りの夏を奏でる頃、本丸のみ仕上がった高田城へ移ることになった。広大な城郭の真ん中に聳《そび》える二重櫓が、越後の空に雄姿を映している。

福島（直江津）から何日もかけて延々と荷駄のつづく城の移転がどうやら済み、まだ工事半ばとはいえ高田城本丸へ入った。仮祝賀の宴で、

「祝着にござりまする」

「新城おめでとうござりまする」

と居並ぶ家臣たちから祝辞を述べられながらも、忠輝の心は晴れない。長安と三九郎がいないからだ。人あってこそ城である。人を失った城は、たとえ建造が壮大でも、ただの建物に過ぎないという気持ちだ。

それに忠輝の心を占めているのは、大坂のことである。

城郭をとり巻く土塁や、二の丸・三の丸が手付かずのままで工事を中断して引き揚げたのは、幕府から関東・奥羽の諸大名に、大坂攻めの陣触れが発令されたためである。

関ヶ原合戦から十四年目の戦さとなろう。

（やっぱりやるか）

忠輝は複雑な気持ちである。忠直と違い、それほど大坂への思い入れはないが、何も言いがかりをつけて戦さに及ぶことはない。

言いがかりとは、方広寺大仏殿の鐘銘問題である。南禅寺の長老、清韓《せいかん》文英の章句の一行、『国家安康』に、家康の文字を指摘し、呪詛とみなして大仏開眼も堂供養もさせなかった。

それに、大坂からやってきた交渉役の片桐且元をさんざん愚弄して追い返した。且元はその後、交渉の不成功を徳川方への密携とまで疑われ、涙をのんで大坂城を退去した。

この時点で家康の大坂攻めの軍令が出たのである。

すると気の重い忠輝の高田城に、なんと大坂攻めならぬ江戸城留守居が命ぜられてきた。

「ということは、戦さに征《い》かずともよいということでござりますな」

「何ゆえ留守居なぞ」

「越後を何と思召されてか」

家臣たちは顔を赤らめ、眼尻《まなじり》をあげて不満をあらわした。

「殿、大御所様のご意向はなんと……」

「わからぬ」

とは言いつつも、さては見抜かれたかと思った。それならそれでよい、忠輝を大坂へ送ることを心配しての措置なら、これで忠輝の思う壺である。しかし、家臣たちには曖気《おくび》にも出せない。

そして軍備を整えて十月半ば高田を発ち、松代を経て江戸に入った。忠輝の目付けは、蒲生忠郷・奥平家昌・内藤清次・鳥居忠政・最上家親・酒井重忠らである。

ところが驚いたことに、忠輝は禁足まで喰らっていたのである。

「なんということでござりましょう」

花井主水正《もんどのしょう》義雄（三九郎の息子）は落ちつきを失った。

「何ゆえ殿に禁足を、何かござりましたか」

「いや、特にない」

「したがこのようなことは考えられぬ仕儀にござります」

「余をよほど恐れているのであろう」

「と言われまするど」

「大坂へやったら、何をするか――つまり大坂方につくのではないかと危ぶんでいるのじゃ」

「殿がどうして大坂方に」

忠輝の心の深奥を知っていたのは、長安と三九郎だけである。三九郎の息子主水正に、忠輝の心の裡《うち》はわからない。

「余ははじめからこの大坂攻めに反対している」

「なぜでござります」

「大坂には千姫や御台所の姉御がおられよう。つまり江戸と大坂は身内じゃ。干戈《かんか》など交えてはならぬ」

「殿がそんなに徳川家のことをお考えになっておられるとは思いもよりませんでした」

主水正は半分驚き、半分落胆したような顔で退がった。

おそらく金沢のことが暴《ば》れたのだろう。忠直が気にしていたように、越前から、忍びが忠直を尾行していたのだ。

そして忠輝と忠直に密携ありと狙われた。その密携は更に大坂の秀頼との密携を疑われている。

それは家康の心の裡の問題だ。秀康を謀殺したからは、その子からの報復に怯《おび》えるのも仕方ないだろう。

それで忠輝を江戸に留め置き、禁足までしてその行動を制した。

（馬鹿馬鹿しい）

禁足を言い出したのは秀忠だったかもしれない。

（私奴の野望《ゆめ》は、殿が上様に替わっていただくことにございます）と言った長安のことばが思い出される。将軍なぞ――と一笑に付したが、今になって将軍の権力に驚く。

たとえ弟であれ子であれ、生かすも殺すも手の内である。秀忠が将軍になってから今日までの一年間に、廃絶させた大名家は実に三十家を越えている。

今になって、長安の野望《ゆめ》の何たるかがわかった。

（さすがは長安。余はあまりに幼な過ぎた）

失ってはじめてわかった長安の野望《ゆめ》である。

それから四、五日、忠輝は神妙に江戸城に籠った。いずれ大坂の戦況は入るだろう。それにしても気になるのは越前の動きである。

その越前の動きが忠輝の耳に入ったのは十一月の半ばであった。

「いかがじゃ」

「はっ、なんでも越前殿には江戸から早飛脚を北ノ庄へ走らせ、本多富正、本多成重をして一万五千の兵を仕立て、十一月には吉田修理を先頭に立てて、大津へ向け進発しました。大津で、越前殿は落ち合われ、大坂住吉の本陣へ到着されたとのことにございます。

ところがこの後、大坂攻めで、どんな軍令違反があったのかわかりませぬが、越前勢は戦うことなく終わったとのことにござります」

軍令違反とはどんなことかわからないが、敢えて訊こうとは思わない。ともかく忠直軍は大坂攻めらしいこともせずに終わったということだ。

（そうかそうか、忠直殿、よくぞうまくやられたものよ、ハハハ……）

忠輝は腹の底から笑いがこみあげた。

しかしこれは、忠直軍に軍令違反があったかどうかというより、家康・秀忠に忠直への危惧感があり、敢えて総攻撃をさせなかったのかもしれない。

忠輝はその報せを聞いた夜、七郎太とともに江戸城の石垣を越えて、夜の街中に出た。

行く先は浅草。子《ね》の刻（午前一時頃）あたりは漆黒の闇である。禁足など一向に気にならぬ忠輝だが、出歩くからは真夜中を選ぶしかない。

森閑とした通りは犬の気配もなく静寂である。その中を懐かしいソテーロの施療院へとやってきたが、それらしい建物はなく、礎石だけの空地に初冬の風が吹き抜けているばかりだ。

「たしかここじゃな」

「はい、間違いありません」

掘っ立て小屋の施療院ではあったが、中は人で埋まり、ソテーロの治療に安心し切った顔々があった。

「カズササマ、その刃《は》を」

とか、

「スケサマ、そこの包帯を取って下さい」

と言うソテーロの傍らで、治療の実際を学び、キリシタンの何たるかをも理解した忠輝である。

「怪我人や病人たちはどこへ行くのでござりましょう」

「うーむ」

あのときソテーロから直に学んだ日本人は忠輝ばかりではない。顔見知りの若者たちも何人かいた。その者たちは、おそらく江戸のどこかに潜って、ソテーロの精神と医療を承《う》け継いでいるだろう。

(ソテーロ様)

忠輝は森閑とした江戸の星空を仰いだ。今頃ソテーロはメキシコにいるだろうか。それともメキシコから更に船出してスペインを目指しているだろうか。

大いなる喪失感が、またも忠輝の胸の裡を浸した。

「七郎太、三郎」

「はい」

「はい」

「あのとき施療を手伝っていた男を覚えていよう」

「たしか壮太郎と久米吉と言ったように思います。してあの者たちを?」

「捜してくれぬか。あの者たちを高田へ連れていこう」

「ということは、高田のご城下で施療を」

「そうじゃ、彼等の腕は確かじゃ。これで高田の領民は救われよう。手当ては余の方から用意する」

とか……」

「さすが殿でございまするなあ。ソテーロ様がこれを知ったらどんなに喜ばれるこ

「したが殿」

七郎太は声を落とした。

「それは結構ですが、キリシタンどもが二人を頼って、高田城下に集まってくるというようなことにはなりますまいか。さすれば、殿が、長安疑獄を実証するようなことになるのでは」

「そういえばそうでございます。今暫く二人のことはさて措いて」

三郎も七郎太に相槌を打った。

「おぬしたちが心配してくれることはわかった。それではともかく二人の行方だけ探ってみてくれ」

忠輝の頭の中には、壮太郎と久米吉が入っている。いずれあの二人を、自分に代わって高田での施療活動をさせよう。

「殿、こうしていると、佐倉の頃が懐かしゅうござりまする」

「ということは、この辺りで佐倉へ帰りたいということか」

「いやいや、滅相もないこと。われらのような百姓の小倅が、殿のお側に仕えるこ

とは願ってもない幸せ。したがこのご縁が、印旛に始まったことを、ふと懐かしく思っただけにございります。こうして三人だけになると、つい思い出してしまいます」

「そうじゃなあ、あの頃は何もなかったが放恣《ほうし》な動きができた。それは、何もない者の特権かもしれぬなあ。今の余には、高田と川中島の荷が重い。いっそ何もかも失って、身軽になってみたいと思うこともあるのじゃ」

「殿――」

「そうなったら伊達に頼んで、帰ってきた船に今度こそ乗船してスペインとやらいう国へ行ってみようではないか」

「そんなことが出来ますでしょうか」

「禁令次第じゃが、大御所にとって余は迷惑な存在であろう。余が国外へ出て消えてくれた方がいいと思っているはずじゃ」

第九章❖大坂ノ陣

(一)

元和元年(一六一五)四月、家康は第二次大坂攻めを発令した。夏ノ陣である。

昨年の冬、大坂城を攻めたものの、さすがに難攻不落を誇る大坂城攻めに歯が立たず、徳川軍は和平交渉をもって冬ノ陣を終結した。

だからといって諦めたわけではなく、講話条約の条件に城の壕の埋め立てを提案、外濠のみか、内濠まで埋めて裸城とした。

そして春を待ってのいわば総攻撃となった。この夏ノ陣に、忠輝はいよいよ出陣を命ぜられ、大和口《やまとぐち》の総督になった。

「殿、いよいよでござりまする。今度こそ、越後勢の心意気を見せるときにござりまするぞ」

花井主水正、山田隼人正ら家老たちが息巻き、伊達・藤堂・丹羽・堀・水野らの諸藩兵を五軍に分けての進発である。

ところが先発すべき忠輝がなぜか殿《しんがり》の五軍となり、進軍が一番遅れてしまった。

そしてようよう大和口の道明寺《どうみようじ》表に到着した頃には、合戦が終わった後だった。

「殿、大和口の戦さに遅参にござりまするぞ」

「これでは面目次第もござりませぬ」

主水正たちの慌てようはひと方ではなく、顔が青ざめている。

しかし忠輝は慌てない。これこそが初めから忠輝の思案だったのだ。

戦さには出る。しかし不戦である。たとえこの後どんなお咎めがあろうと、それは甘んじて受けよう。

大和口道明寺表の戦さには、政宗が忠輝に代わって働き、豊臣の将・後藤又兵衛や薄田《すすきだ》隼人らを討ち取った。

政宗は、忠輝の遅参を案じながら越後軍として戦ったのだが、これが結果的には忠輝の仇《あだ》となった。

そればかりではない。忠輝にとって更に不覚の事態が起こった。出陣に当たって、忠輝の部下が将軍家直属の旗本二名を斬殺してしまったのだ。

事件というのは、忠輝の軍が高田を発して北陸道から近江国守山の宿にやってきたときに起こった。

二人の騎馬武者が、若党十二、三人ずつを引き連れて忠輝の軍勢を追い越そうとした。

「何者じゃ、松平上総介殿の隊列の前を乗り打ちするとは――下馬せい」

直ちに咎めると騎馬武者は、

「上総介殿はわれらの主君ではない。よって下馬などする必要などあろうか」

と言い捨てて走り去った。

これに激昂した忠輝の部下は、そのまま追跡すると、騎馬の二人は馬を乗り捨てて、傍の民家に逃げ込んだ。

忠輝の家臣平井三郎兵衛と安西右馬允《あんざいうまのじよう》は民家に逃げ込んだ二人を捕えて刺殺してしまった。

ところが厄介なことに、刺殺された騎馬の二人、長坂十左衛門と伊丹弥蔵は、将軍秀忠の旗本だったのだ。

この件は後を引くことになるが、ともかく茶臼山《ちやうすやま》に本陣を敷いた家康は、陣幕に忠輝を呼びつけた。怒りに打ち震える家康は、六尺近い体軀に鎧兜を身につけた忠輝の姿を見た途端、（あっ）と喉の奥で声をあげた。

（信康――）

二十一歳で死なせた長男信康がそこに現われたかと思ったくらいだ。遅参覚悟の忠輝は、家康の前に膝を折り両手を付き、

「越後の五軍到着いたしましたが遅参となり、伊達殿の奮戦を得ることとなったこと、まことに不面目この上もござりませぬ。かくなる上はどのようにでも仕置いただきたく……」

と神妙に言った。

「忠輝、戦さの不名誉第一は遅参じゃ。まして家門の遅参は釈明無用」

顔面怒りを発しながらも、目の奥にはえもいえぬ懐かしさを湛えているのを見抜いているのは正信である。

明くれば五月七日の総攻撃の後、忠輝は意外なことを聞かされた。

忠直の越前勢が天王寺口の一番先手、加賀前田勢を押し切って前に出、大坂方随一の精鋭真田勢と激突したというのだ。

（狂うたか忠直殿は）

忠輝は腹の底で叫んだ。何も加賀の前に出て功名を競うことはない。まして真田

と正面衝突など死地に飛び込むようなものではないか。

ところが命知らずの越前勢の猛攻に、あの真田が崩れ、大坂城内一番乗りを果たしたというのだ。

「一番乗りは越前らしい」

「青白い殿とばかり思うていたが、なかなかやるのう」

「冬ノ陣の不面目を取り返さんがための働きであろう」

そんな声が聞こえる。いずれにしても称賛の声である。

(したが忠直殿よ)

加賀勢の前を突っ切って先手を行ったのも軍令違反ではないか。その違反を敢えてしてまで一番乗りを焦ったのは、おそらく忠直ではなく家臣たちだったろう。

忠直は、まだ藩主としての力と押さえがきかぬようだ。越前騒動もその表われだったが、違反覚悟の一番乗りも、忠直抜きの突撃だったろう。

そうして八日、大坂城の一角から火の手が上がり、やがて城は猛炎の中に包まれていった。

二十四歳の忠輝は、猛炎に包まれる大坂城に目を奪われて立ち尽くした。

「殿、天下の象徴、大坂城が燃えております。豊臣の終焉にござりまする」

たしかに天下の象徴大坂城であった。話には聞いていたが、こうして天に聳《そび》える偉城を見るのは初めてであり、この城が炎に包まれての終わりを見届けることになろうとは思わなかった。

しかし、徳川の勝利の喜びより、空しさが吹き抜けていく。

豊臣が終わり、名実ともに徳川の世になったが、その徳川もいつかは……そんな思いが重なる。

そこへ家康の本陣から、戦勝奏上の家康に従い、内裏参上の用意をするよう示達がきた。忠輝は反射的に拒否感を覚えた。

(余はそのような所へ行くことはない)

病気を理由に欠席した忠輝は、主水正の留めるのを振り切って嵯峨野に出向き、嵐山から船に乗った。そして終日桂川で船遊《ば》びを楽しんだ。

それが暴れ、直ちに二条城へ出頭せよという命令が出た。しかし忠輝はそれをも振り切るようにして高田へ帰ってしまった。

「大御所様、いかな若でも、このまま見逃すわけにはまいりませぬぞ」

「うむ」

開け放った部屋に海風を入れている駿府の奥座敷で、本多正信は穏やかに言った。

人生最後の知力を尽くした大坂ノ陣で、さしもの家康の顔に疲労が出ている。

「手こずるのう彼《あれ》には。彼《あれ》の本心はやっぱり大坂にあったのじゃろうか」

たしかに越後軍は花井主水正が百個の首を取り、全軍の中で十四位の手柄をたてたが、肝心の主君の忠輝には戦意が見られなかった。即ち緒戦に遅参し、戦勝祝いも拒んで高田へ引きあげて行ってしまったのだ。

「いや、大坂贔屓《びいき》などとは考えられませぬ」

「したが大坂城にはキリシタン浪人が多いと聞いた。彼はやはりキリシタンやもしれぬなあ。伊達の五郎八がキリシタンじゃから」

家康は、忠輝の無気力がキリシタンゆえではないかと疑っている。

「長安を少しやり過ぎたかな。それを彼《あれ》は根に持っている。それならなおのこと今回の措置も厳罰にすべきじゃが……」

（いや）

と正信は打ち消そうとした。しかしそれを口の中で堪えた。正信に見えるのは、長安厳罰への怨みではなく、忠輝の家康に対する抵抗である。

捨てられた子の怨みを、生涯かけて家康にぶつけているのだ。

しかし、今や衰えをみせている家康にそれは言うまい。

「今頃若は、越後の海を見ながらさぞ悔いておられましょう。信康君、秀康君に免じて、ここはご寛容を――」

正信にとっても、なぜか可愛い忠輝である。その忠輝を救う道は、家康の泣き所、信康と秀康の名を出すしかない。

「うーむ」

家康は唸った。たしかに具足をつけて陣幕に入ってきた忠輝を、一瞬信康かと見間違ったくらいだ。

（信康の生まれ代わりと思えば……）

それにあの威風は秀康にも似ていた。

「正信よ」

「はあ」

「荒獅子はやっぱり余に歯抗《はむか》うものじゃの」

「そういうものでござりましょう。したが荒獅子なればこそ、王たり得ますものを」

「そちは秀忠をやっぱり疎んじておるか」

関ヶ原の後、将軍世嗣諮問の会で、秀康を懸命に推したのは正信だった。ところが二代目継承の資質を説いて、秀忠を推したのは政敵大久保忠隣であった。

その忠隣を、昨年長安との密携の疑いを理由に潰すことに成功した正信である。

「いや、将軍様はまさに啓明の方にて」

そう言うと家康は、

「ハハハ……そちの好みでないことはよく分かっておるわ。そちは秀康を惜しんでおった。それは余も同じじゃ」

今日の家康は素直である。

「それでは若をどのように」

正信はやはり気になる。

「改易というところじゃが、高田の城が出来たばかりでは、家臣たちが哀れじゃ。よって忠輝本人のみを、暫くどこかに蟄居《ちっきょ》ということにしよう」

「暫く蟄居と――それはようございましょう」

ほっとしたのは正信である。

「していずれに」

「うーむ。関東に置かずばなるまい。となると……」

家康は暫く考えた。江戸に近過ぎては秀忠の目障りになるだろうし、さりとて遠隔では何を仕出かすかわからない。

「上野《こうずけ》じゃな、上野の藤岡はどうじゃ」

「はあ、ようございまするなあ」

元和元年（一六一五）の九月である。

㈡

北ノ庄城表広間は部屋を埋めるばかりの家臣で溢れている。なにしろこの夏の大坂城攻めの一番乗りを果たすという戦功をあげた面々である。

五月七日の総攻撃で、越前軍は軍規を破り、加賀勢を押しのけて幸村の立て籠る真田丸に迫った。

ためにかえって一時は真田幸村、毛利勝永らの軍隊が家康の本陣に迫ったほどである。しかしそれを押し返す越前勢の死闘に真田軍は崩れ、遂に大坂城に討ち入った。

家康はこのとき忠直の大坂内通を疑ったものだ。

しかし、この大坂城突入をもって一気に局面は開き、城内のそちこちから火を吹き、二の丸が陥落した。そこで家康は忠直への疑いを解いた。そして翌八日に大坂城は秀頼母子をはじめ殉死者を呑んで、落城した。

この後、戦さの論功行賞が京の二条城で行われた。その席上、本多富正は越前勢の無断先陣争いについて、全てこれ吉田修理《しゅり》の思い違いで、修理の部隊に全員従ったものだと陳述した。これがため、修理は全責任を一手に負うて自害した旨を述べると、家康は深く頷き、

「越前軍の一番乗り、まことに天晴れ、大坂城総攻撃の殊勲第一じゃ」

と諸大名の前で大いに賞した。そして忠直と弟直政を上段近くに招き、

「二人ともわが孫ながら立派じゃった」

と大いに面目をあげてくれた。それから褒美として家康からは名器「初花」の茶入れを、秀忠からは「真宗」の脇差を拝領し、恩賞はそのうちと言われて北ノ庄へ凱旋してきたのである。

北ノ庄城表広間ではその祝賀の酒宴が始まろうとしている。そこへ忠直が現われると、

「殿」

「殿」

と歓声があがり、上気した忠直は突っ立ったまま、

「そちたちのお陰じゃ。余は嬉しいぞ」

と両手をあげて家臣たちの歓声に応えた。

思えば忠直の人生で、このときが華であった。

ところが十日がたち、ひと月が過ぎ、夏が終ろうとしているのに、江戸からはなんの沙汰も送ってこない。

弟の松平忠昌には、直ちに常陸国下妻三万石を与えられたというのに、肝心の越前には便りがないのだ。

「おかしい」

と思うのは忠直以下重臣たちばかりではない。戦さに参じた家臣たちも同様である。

「これ富正、駿府や江戸は余をなんと心得る。なんのための一番乗りぞ。百万石は余をたぶらかしたことばか、確《しか》と江戸に伺え」

「はっ」

本多富正は密かに幕閣の二人に伺いを立てたが、返事はいずれも『待たれよ』というのみだ。

待たれよとは最後に大いなる恩賞ということもあろうかと望みを繋ぎ、ひたすら待ったがとうとう秋風が吹く季節となってしまった。

苦しいのは忠直ばかりではない。一番乗りを果たすべく、吉田修理と岡部備後が入水《じゅすい》までして忠直の分を立ててくれたことを思うと、このままではおさまらない。

「そちが駄目なら、余が直々江戸と駿府に掛け合おう」

忠直は額に青筋を立てた。

「殿、お静まりを。お静まりを」

富正と近習たちは忠直の前に立ちはだかった。

「静まってなんとする。なんのために三万もの兵を出した。なんのために修理や備後を失うた。二人のためにもこのままおとなしくなどしておれるか」

そう言って忠直は江戸行きの支度にかかった。

「殿が江戸へ行かれましては事が大きゅうなりまする」

「おお、大きゅうなればよいではないか。それこそ余の望むところじゃ」

「とは仰せられましても……」

とそこへ、越後松平忠輝処分の報が入ってきた。

「なんじゃと、忠輝殿には上野《こうずけ》の藤岡へ蟄居とな、何ゆえじゃ」

「それはいろいろと不面目がござりましたゆえ、やむを得ないかと」

そのとき忠直の頭を過《よぎ》ったのは、金沢での邂逅《かいこう》である。

(もしかしたら……忠輝殿との密会が暴《ば》れたのでは)

殊勲第一と賞されながら、「初花」の茶入れごときで誤魔化されようとは——といきり立ったが、忠輝との関係を疑われた以上、何を言っても無駄である。

(叔父上が上野《こうずけ》へ)

あの忠輝殿がおとなしく上野へ行かれたのだろうか。

報せによると、五郎八《いろは》姫を残し、数十人の供廻りだけで高田を発った。それも恬《てん》淡《たん》として、まるで遊山の旅にでも出るような感じだったという。

忠輝殿の罪は、大坂城攻めの遅参と将軍旗本二名の刺殺事件、それに戦勝参内の無届け欠席である。

しかし、徹底した不戦と、家康への抵抗を貫いたことには違いない。

それからみれば自分は、冬ノ陣はともかく、夏ノ陣では家臣たちに煽られ、とうとうあろうことか、軍規違反までして一番乗りを焦った。そして多くの兵を失い、その上、修理や備後という重臣まで犠牲にしてしまった。

そして殊勲第一とおだてられ、「初花」を押し戴いて帰り、恩賞加増まで期待しようとは――

忠直が覚《さ》めたのはこのときである。

「富正、『初花』をこれへ」

「『初花』でござりまするか。『初花』を何となされまする」

富正は頭を傾げながら、書院床の間に安置した家康からの拝領の品を捧持してきた。

「箱から出してこれへ」

伊豆守は紐をほどき、木箱から丁寧にとり出すと、やおら忠直の手に渡した。

「おお、これが天下の逸品とな」

忠直は近習たちの前に高々と掲げて見せた。

「皆の者、これは既に知っての通り、二条城で祖父上が余の功を賞してとりあえず与えると言った品ぞ。これを余がどう受けたか、末代までの語り草にいたせ」

と言うや、渾身の力をこめて庭の敷石めがけて投げつけた。

「殿――」

「殿、狂われましたか殿――」

忠直の手を離れた茶入れは、庭の敷石に当たり、ものの見事に二つに割れ、片や無残な大口を開いて転がり、もう一方はころころと転がって庭の隅に背を向けた。

「ワハハハ……」

忠直の乾いた高笑いが、庭に弾けた。

㈢

その年が暮れ、元和二年（一六一六）となった。しかし、ここ駿府城内は重苦しい空気に包まれている。家康の体が悪いのだ。

昨年夏の大坂ノ陣の無理が祟《たた》ったらしく、あれからめっきり体が弱った。そしてこの一月、田中で好きな放鷹《ほうよう》をして帰った後倒れた。その家康の側を離れず看取《みと》っているのは、忠輝の母茶阿局である。

もうとっくに共寝を離れ、お勝・お亀・蔭山殿ら若い側室がいながら、茶阿局を離さないのは、彼女が家康を退屈させないからだ。

世情や人情に明るく、人を見る目を持っている茶阿局から、成る程という知恵を得ることがある。それに忠輝の生母ということも、なんとなく離れ難いものとなっている。

「上様、今日はお体を起こされまして、安倍川をご覧あそばしませ。上様がご幼少の頃、石合戦をご覧あそばして、小人数の方が勝つと仰せられました逸話は、今や有名でござります。その安倍川原で、今日も童《わらべ》たちが競うて石合戦をやっております」

そんなことを言ってくれるのも茶阿局らしい。

「子どもらがのう」

「はい、お体を起こされまするか」

「うーむ」

懈怠《けたい》そうに言う家康の背を、ゆっくりと持ちあげ、侍女に命じて背の方に布団を置いて背もたせにする。

「みかんの汁などいかがでござりましょう。喉がすきといたしまする」

そう言うと、もう既に用意してあるらしく、ガラスの容器にみかん汁を捧げてくる。そうした細々とした配慮が、いかにも自然で、また痒《かゆ》い所に手が届くといったあんばいだ。

みかん汁が喉を潤し、気持ちよくなった家康は、心持ち頭をあげて河原の方を眺めやった。

「見えまするか、子どもらが……」

「うーむ。目が霞んでよくは見えぬ。それに耳も遠くなっては声も聞こえぬ。どんな者でも年をとるといかんのう」

「そんな気弱を仰せられてはいけませぬ。上様は、いつまでも達者で、したたかでいらせられなければ」

「茶阿よ、したが年には勝てぬわ」

そう言うと家康は目を細めていつのまにか眠ってしまった。

どれほどの時が経ったか、遠目に河原の辺りに薄靄がかかっているようだ。と、家康の傍らで遠景を見つめている茶阿局の横顔に目がいった。

憂いを含んだその顔が、何かを必死に堪えているようだ。

(忠輝のことを言いたいのであろう)

口火を切れば、止めどなく忠輝の赦免を願うことばが出よう。それを堪えているのも哀れである。

「茶阿よ」

「はい」

「そなた、余に言いたいことがあるのではないか。今のうちに言わないと、いつ死ぬかもしれぬぞ」

「上様、そのようなことをおっしゃってはなりませぬ。上様は不死身にございまする」

「何を言うか、不死身などというものが世にあろうか。生者必滅、命ある者は必ず死ぬ。それでいいのじゃ。したが余には一つ心残りがあってな」

「心残りとは何でござりましょう。いえ、わらわのような者にお話しになるのではなく、本多様やご重臣方にお話しなされますので」

「いや、そちにあるのじゃ」

「わらわに？」

茶阿局は衿を直し、打ち掛けの裾に手をやった。

「そなた今、幾つになる」

「はい、もう五十路《いそじ》にもなりまする。とっくに嫗《おうな》にござりまする」

「それでは忠輝は幾つじゃ」

途端、茶阿の顔に紅がさした。なかなか口に出して言えぬ息子のことを、家康の方から出してくれたのだ。

「二十五歳になられました」

「二十五歳か」

家康の顔に感慨が過《よぎ》った。家康の二十五歳は、桶狭間の戦いを機に生地岡崎へ還り、今川氏と断交して信長と同盟し、三河の一向一揆を鎮圧して三河守に任ぜられ、徳川姓を名乗った年である。

それからみれば忠輝の二十五年は、実戦の経験もなく、佐倉から川中島、そして越後六十万石という、言ってみれば棚から牡丹餅の人生である。

（甘やかし過ぎたか）

「上様」

闊達なもの言いの茶阿が、息子のことになると、媚《こび》を含んだ哀願になる。

「言いたいことがあったら言うてみよ」

「上様のお情け、重々身にしみてござります。それがこたびの大坂ノ陣での数々の不忠、まことに悲しく申し訳なく何とお詫び申し上げてよいか、ことばもござりませぬ。

それにしても、忠輝殿は何ゆえ上様のお心に違背するのか、それが悲しく情けのうござりまする」

「いや、それはそこもとも分かっていよう。余が初めて彼《あれ》と対面したとき、彼《あれ》はたしか十一歳じゃった。余にいろいろと詰問してな、あの目はたしかに余を怨んでいる目であった。彼は生涯余を怨みつづけるのじゃ。したがそれも仕方あるまい。余じゃとて父を怨まなかったとは言えぬからのう」

家康が母と生別したのは二歳である。生母も乳母も見境いつかぬ頃とて、生母との離別はさして応《こた》えてはいない。それに二十四歳で生母とその一家（阿久居《あぐい》城主久松俊勝と再婚）を岡崎城に引き取っている。

しかし父松平広忠は、五歳の家康を今川氏に質として送り出し、二年後、家臣に殺されてしまった。ために家康は十九歳まで質子として駿府城郭内に留め置かれた。

そういう境涯からか、家康は我ながら子に対しても情が薄いのではないかと自省している。

長子信康に詰腹を切らせたときも、息子の命より、信長の命令の方が大きく重かった。そして罪を、妻築山殿にかぶせることで己を納得させていた。

それに秀康はどうだ。妻の侍女だったことを怖れて、産まれた秀康とは会おうともせず、十一歳になった年、手駒として秀吉に体《てい》のいい質子、つまり養子として送った。

そんな息子から怨まれない方がおかしい。秀康は秀吉に秀頼が産まれたため、次は下野《しもつけ》の結城《ゆうき》氏に送られた。

その息子と、一度も親子らしい対面も話もせずに終わった。秀康からみれば、家康は父でも親でもなんでもない。ただの権力者に過ぎなかったろう。

しかし自分は、その秀康を怖れた。怖れた理由は、息子ゆえの怖れである。怨まれても仕方のない親としての弱味である。その秀康を、とうとう消してしまった。消すことはなかったのだが、最大の怖れは大坂との繋がりであった。秀康はわが子というより、秀吉の子であった。そのことを怖れたのだ。

そうしてとつおいつ考えてみると、自分は信長を怖れて信康を斬り、次は秀吉を怖れて秀康を消したようなものだ。なんという親であろう。

そして今度は忠輝だ。彼《あれ》をどうして嫌うた――。

赤児の顔はあんなものだ。それをまるで怪物《けもの》のように忌み、「捨てよ」と言ったことは確かだ。

茶阿の嘆きも考えず、赤児はまるで汚物のように捨てられた。その子から、怨まれるのは仕方ない。しかし彼を二人の兄のように消すことはできない。

「不忠不孝の忠輝殿を、今更なんと申し上げてよいものやら……ただ最後のお願いは、せめて忠輝殿をここに呼び、平伏させてお詫びさせていただくわけには……」

いかにも母らしい願いである。しかし、あの忠輝が、果たしてここにくるかどうかだ。


川中島藩内訌のときも、長安事件のときも、江戸や駿府に現われなかった忠輝である。

忠輝は来まい。家康に頭を下げにくるような男ではない。あのとき彼は月の浦から船出ならどうして伊達の船でスペインへ行かなかった。あのとき彼は月の浦から船出するものと思った。そのつもりで政宗の船を認めたようなものだった。


（怖気づいたのか忠輝）

いかに強突張っても所詮は子ども、異国が怖ろしくなったのであろう。彼は自分で苦労した覚えがない。だから藤岡で蟄居するのも彼のためだ。

「そちの頼みはわかるが、忠輝はくるかな、それが問題じゃ。ここにきてからのことじゃな」

そう言うと家康は横になり、眠ったのか眠らないのかわからぬような態で瞼を閉じた。

枕元の燭《しょく》の明りが赤く見えるということは、あたりがもう昏《くら》くなってきているのだろう。

家康は浅い眠りをくり返しながら目を醒ました。人の気配がないところをみると、茶阿も退がったようだ。

閉じた障子戸に外界が遮られると、忠輝の面影が消えた。

と入れ代わるように、もう一人の若者が甦ってきた。越前の忠直である。

秀康の関係から、越前と大坂の繫がりを疑ってきた。ゆえに冬ノ陣では越前勢の動きを止めた。

それかあらぬか、夏ノ陣では大坂城突破の口を開いた。その忠直に初花の茶入れだけでは不足である。百万石と言ったのも嘘ではないが、それならどうして江戸か駿府に伺候せぬ。

越後の処罰を聞いて怖気《おじけ》づいたか、それとも家臣たちになだめられているのじゃろうか。

余も一度、忠直とゆっくり対面して話がしたい。彼《あれ》の口から、父（秀康）の死をどう思っているかと――。

彼もまた、祖父の余を怨んでいよう。それゆえ駿府に顔を出さないのだろうか……。

㈣

それから三カ月が過ぎた。駿府の花も散り、若葉が梢を染めにかかった。家康の枕頭には毎日本多正純が侍っている。

江戸からは将軍が三回駆けつけて病床を見舞い、昨年発令した『武家諸法度』と、『禁中並公家諸法度』のことや、三代世嗣のことなどを話し合った。

そして、秀忠が江戸に戻ってからも家康は正信を傍から放さなかった。

「正信よ。余も七十五歳、そろそろあの世が近いようじゃ」

「何を仰せられます。多くの山を越えてこられた大御所様ではござりませぬか。私奴のためにも元気を出してくださりませ」

「それならいっそ、あの世まで供をせい」

「ハハハ……したが私奴はまだこの世に未練がござりまする。ですから大御所様にもいていただかなくてはなりませぬ」

「欲じゃのう」

「はい、深欲にござりまする。大御所様と同じくらいに」

家康は黙ったまま目を閉じた。茂みの辺りで鳥の声がした。長い長い黄昏の静寂である。

「正信」

「はあ」

「結局忠輝は現われぬわ」

「結局などと――これからおいでになるやもしれませぬ。きっと大御所様をびっくりさせるおつもりでござりましょう」

とは言ったものの、正信にも自信はない。とそこへ茶阿局が入ってきた。薬湯を用意してきたらしく、盆に湯呑みを捧げている。

「上様」

「茶阿か」

それではと正信が家康の上体をやおら起こすと、茶阿は馴れた手つきで家康の口

元に薬湯の湯呑みをあてがった。ごくりと二口、三口嚥下《えんげ》すると家康は、

「今日はいい日じゃな」

と目を細めた。ということは障子戸を開けよということだ。

陽光が一気に差し込み、目がくらくらする。そうして暫く家康は黙したまま目を放った。

すると正信は茶阿局に目配せした。

（忠輝のことを言わぬか）

という催促である。

しかし茶阿は喉元にことばが詰まるのだ。何回藤岡に急使を送っても、忠輝からは梨のつぶてである。茶阿は諦めかかっている。

そんな様子をみてとった正信は口を開いた。

「大御所様、私奴の我儘を一つ聞いてはいただけませぬか」

今こそ、いつぞや言いそびれたあのことを言わなければならない。

「越後の若のことにござりまする」

「もうよい、彼《あれ》のことは」

家康は首を振った。

「それでも聞いて下さりませ。今日まで、私ご遠慮いたして参ったことにござりまする」

「遠慮じゃと？　おかしなことを」

「それは大御所様の私事に関わることでございましたゆえ」

「どんなことじゃ」

家康は覚醒したように目を開《あ》いた。

「忠輝殿は、ずっと大御所様を怨んでおられます」

「そのことはわかっている。わかっているゆえ、川中島や越後を与えたではないか」

「それはどのお子も同じでございます。禄を与えたからそれでよいというものではござりませぬ。親の温《ぬく》みをあの若は求めておられます。反骨もその裏返しにござります。ですからあの若に、ご嫡子（信康）や越前殿（秀康）と同じような轍を踏まれませぬよう、ご寛容を願いたく……」

途端、茶阿局の啜泣《すすりな》きが聞こえた。

どれだけそれを乞い願いたくも、肝心の忠輝が現われないのだ。それが茶阿局を打ちひしがせているのである。

「そんなに彼《あれ》が可愛いか」

「可愛ゆうござります。なにしろ捨て子にござりましたゆえ。あのお子を抱いて歩いた者の身になってみなければ、おわかりにはならぬと存じます」

「……」

「そればかりではござりませぬ。あの若を打ち棄てられるは惜しゅうござります。素直な石は、石垣には馴染みましょうが、硬い岩は、水や土を防ぎましょう。大御所様のおことばにて、若を今一度越後に戻していただきとう」

「したが奴はこぬではないか」

待っているのだと言わんばかりだ。

その日正信は、茶阿局とは別に急使を藤岡に走らせた。

元和二年（一六一六）四月十七日、暁闇から意識を失った家康は、昏々と睡りつづけるばかりである。

「今夜か、明朝か」

そんな緊張が駿府城内を包んでいる。秀忠も昨夜から駆けつけ、枕頭に座ったままである。

家康の側に侍るのは秀忠・尾張義直・紀伊頼宣・水戸頼房ら四男のほか、本多父子をはじめとする重臣数名である。

正信はその傍らで深い後悔の念にとらわれていた。目の前の家康には死相が表われている。意識の回復は絶望的である。

(あのとき執拗に言うべきだった)

こんなに急変しようとは思わなかったのだ。しかし、たとえ一時的に意識をとり戻しても、秀忠の前で、忠輝の赦免を言い出すわけにはいかない。

そのとき家康の目蓋《まぶた》がかすかに開き、唇がわずかに動いた。

「なんと仰せじゃ」

秀忠は聞きもらしたようだ。近くに在った三人の弟たちや、重臣たちにも家康のことばは聞きわけられなかった。

その中でたった一人、はっきりと聞き分けたのは正信であった。

「忠輝、忠輝か」

家康の今際《いまわ》の目に映ったのは、なんと松平忠輝であった。

「大御所様――」

正信は前後も忘れて嗚咽《おえつ》した。それほど待っているのに、どうして忠輝は応じないのだ。それが悔しく歯痒い。

その頃忠輝は安倍川を渡って、駿府城に近づいていた。

第十章❖伊勢朝熊

㈠

家康の遺体を、遺命によって久能山に葬り、初七日が済んだ。その間、忠輝は神妙に駿府にいた。

そして明くる日、秀忠を江戸へ見送った後、帰り支度をしていると、いきなり本多正信が現われた。

正信一人である。家康に劣らぬ老衰が見られ、渋茶のような顔面は細り、僅かな白毛を頂上にまとめているだけで、家康の死が相当応《こた》えているようだ。

「何じゃ？」

忠輝は七郎太と三郎を目配せして遠ざけた。

「殿」

「ああっ、本多殿、いかがなされた」

細った体が今にも倒れそうだ。

「こちらに」

座を用意すると崩れるように座り、それから暫く瞑目した。

「殿を抱いて下野《しもつけ》へ行った日が夢のようでござります。あれから何年になりますか」

「二十四年じゃ」

「二十四年でござりまするか――爺もいよいよ駄目でござりまするよ」

もしかしたらこの正信は、殉死の前に忠輝に別れを告げにきたのではなかろうかという気がした。

「どうした。大御所に死なれて気が抜けてしまったのか。おぬしの権謀術数も大御所あってのことと見えるのう」

「全くもってのご明察。あるいはその通りかもしれませぬ。本当のところ、大御所様がお亡くなりになってもう元気が出ませせぬ。したが今日は大事な話を申し上げたく、正純にも内緒でござります」

「なんじゃ、改まって」

忠輝の表情が変わった。

「殿、私奴の言うことを、よくよくお聞き分け下され」

と前置きしてから、正信はどうしてもっと早く駿府に駆けつけなかったかを詰《なじ》った。

「余は大御所に詫びたいとは思わないからじゃ。余は生涯掛けて家康という父に反《そむ》きたいと思ってきた。それゆえ大坂ノ陣でも敢えて怠戦した。また、豊臣を滅ぼす名分もないと思っていた。じゃから戦勝奏上の参内にも出ず、そのまま越後へ戻った。

その余を大御所は勘当した。したが余はそのことで苦しんだり悲しんだりなぞしてはいない」

「それでは勘当を当然だと思っておられたので」

「まだ寛大だったと思っている。悪くしたら改易、そこまで考えていた。ただ、家臣たちのことを思うと……」

忠輝は正信にはなぜか素直になれた。

「大御所様はどれだけ殿を待っておられたことか、毎日毎日待っておられました」

「余の詫びを聞きたかったのであろう」

「そのように仰せられまするな。大御所様は親として待っておられたのです。今際《いまわ》の人間は、詫びを求めたり詰問をしたりなぞいたしませぬ。ただただ、子の忠輝様に会いたかったのでござりまするよ。それは母君の局《つぼね》様も同じでござります」

「……」

「そして殿は、ようようお出でなされました。したが遅うござりました」

「うむ、あんなに急だとは思わなかった」

「遅うござりました。今度ばかりは夏ノ陣とは違いまする」

　正信は皺頬を引き吊らせた。

「……？」

「夏ノ陣の遅参には大御所様は生きておわしました。ですからたとえ大声で怒鳴られても、親でござりました。その大御所様が最期に伝えたかったのは、殿の赦免でござりました。その赦免の機会を、殿は遂に失われたのでござりまする。それが残念無念にござりまする」

　そこで正信は涙を拭った。

「余の赦免とな」

「はい、しかし将軍は、恐らく殿を赦免したりなぞはなされますまい。大事な大事な最後の機会にございましたものを……」

そう言って涙を押さえる正信を、忠輝は不思議な思いで見つめた。

「どうしてそなた、そこまで余を案ずるのじゃ。江戸も駿府も、皆、余を疎《うと》んじていたではないか」

「先刻申し上げましたごとく、私奴は殿を抱いて、下野まで行った男にございまする」

「……」

「孫のような——などと不躾は申し上げませぬが、殿が、愛《いと》しゅうございます」

「ならどうして余から長安や三九郎をとりあげた」

ハッとした。あの頃は、政敵大久保忠隣を葬ることに懸命で、まず長安を血祭りにあげることを考えた。その長安と三九郎は、いわば忠輝の親代わりのような存在だったのだ。

「余は大御所に死なれても涙さえ催さぬが、あの二人を失うたとき、余は初めて悲しみを知らされた」

たしかに忠輝は気も触れんばかり号泣したものだ。

「余にとっては親にも匹敵する二人を取りあげたはそちであろう。そちが余を真に思うてくれていたなら、死なすべきではなかった。そちも手前勝手な男よのう」

正信は返すことばを失った。家康を思い徳川を思いと言いつつも、実は自分の保身と勢力拡大を考えていた。それをあからさまに忠輝から指弾されたのだ。

「仰せのとおり、浅はかな正信にござりました」

「それで、余にどうしろと申すのじゃ」

「はあ……」

正信は暫し自分を立て直すのに努力が要った。

「これからはもう寛大な後ろ盾がござりませぬ。よって将軍には表を繕うていただきとうござりまする」

「繕えとは」

「つまり、恭順の態《てい》を示していただかねば、この先本当の改易になりかねませぬ。今回の遅参にも将軍はかなり立腹にて、江戸へ帰られました。よって殿に何が命ぜられるか案じられてなりませぬ。

私も明日には江戸へ戻り、将軍のお側に参りますが、この爺が口を極めてお願いしても、あの将軍の心を動かすことは叶いそうにもありませぬ」

というのは、秀忠を将軍にと擁した大久保忠隣を改易させた人物が、正信だということを秀忠は肚に銘じているからだ。

全ては因果、家康在っての正信であった。家康を失ったということは、正信の存在もこれで終わったということを、誰よりも正信自身がわかっている。

それゆえに、たった一人気になる御曹司忠輝に、「将軍には逆らうな」ということを告げたいのだ。

「そちの心はよくわかった。したがな、余は藩主の座など不要じゃ。枷《かせ》のない人間、として思いのままに世を生きたい。

余の夢はな、あのソテーロじゃ。海の遥か向こうからきたではないか。あのように余もこの国から出て、ソテーロのように生きたい」

正信は呆気にとられた。家康父子に仕え、権謀術数渦巻く幕府に在って、智謀の限りを尽くしてきた正信は、これほど無欲で埒外《らちがい》な夢を持っている若者を知らない。それも家康の息子である。

(この若は、ほとほとわしの手に負える若ではないわ)

忠輝の前から退がってきた正信は、己が部屋に戻ると、どおっと横になった。一気に疲れが襲い、そのまま意識を失うように眠りに落ちた。

謀臣本多正信は、家康の死に遅れること五十一日目の元和二年(一六一六)六月七日身罷った。家康より四年長い寿命を得た七十九歳の生涯であった。

㈡

松代にいる花井主水正《もんどのしょう》の許へ、幕府から近々江戸城へ登城するよう示達があった。

内容は大坂夏ノ陣参陣の折、近江守山付近で起こったあの事件である。即ち秀忠直属の直参旗本長坂十左衛門と伊丹弥蔵が、越後勢の先陣に割り込み、これを追い抜いたとして無礼討ちをしたことの吟味である。

事件といっても既に一年余も経過している。それに戦陣へ向かう乗り打ちの切捨ては、軍法に照らしても赦されるところでもある。それを今になって蒸し返してきたのだ。

大坂ノ陣での忠輝の行為は、弾劾されるに十分であり、ために、藤岡蟄居は忠輝個人の任置で済んだ。それは家康だからである。

ところが家康が逝き、正信が死んだ今、思い出したように一年前のことを言い立ててきたのだ。

元和二年（一六一六）六月十日、家康の死から二カ月、しかも、正信の死を待っていたかのようだ。

その日花井主水正は、江戸城御座の間に座した対決の相手が、なんと高田藩士安西右馬允《うまのじょう》だと知って愕然とした。

「右馬允、これはなんとしたことじゃ」

江戸に訴えるということは、藩主を訴えることである。そこへ秀忠が現われ、老中酒井忠世が右馬允の訴状を読みあげた。

即ち直参旗本二名を斬殺した高田藩士三名を、忠輝が不問に付して逃亡させたこと。次に忠輝の怠戦が、大坂との密携にありということだ。

主水正は直感した。右馬允は捕えられ、この捏造を幕府から仕掛けられたのである。

主水正は覚悟した。反論の相手は右馬允ではなく、将軍であり幕府である。

「戦場での乗り打ちは軍法違反ではござらぬ。それに、大坂密携など、全くもっての言いがかり、何の証拠あってのことか、それを伺いたい」

と堂々と反論した。

弁明の間、主水正は亡き父三九郎が、七年前、どんな思いで川中島藩内訌の弁明に駿府城で戦ったかを思い出していた。

そして奇しくも又、自分が忠輝の弁明に立ったことに格別の感慨があった。対決は一方的に主水正の主張で終わったが、これはいわば形式に過ぎず、秀忠の頭の中には、高田藩改易、忠輝流罪の構図があった。そういうわけで、花井主水正は首の皮を繋いだものの、常陸国笠間城主戸田丹波守に預けられる身となった。

この報を藤岡で聞いた忠輝はほっとした。三九郎の服毒は忠輝に累を及ぼすことを恐れたための死であった。しかし、息子まで忠輝の犠牲にすることはできない。

忠輝は主水正のために祈った。

「そうか、改易じゃったか」

命さえ保証されればよい。

そのとき、かつて思い出したこともない茶阿局の顔が浮かんだ。

(さぞ余のことを怨んでおられよう)

女婿の花井三九郎を葬り、その子もまた改易させた息子忠輝である。

そして当の忠輝は、高田藩改易、伊勢鳥羽城主九鬼守隆にお預けという処罰が決まったのは七月九日であった。正信の死から一カ月という早さである。

江戸からの上使は、忠輝がまるで他人事を聞くような素振りに狼狽した。

（なんというお方であろう……）

上使が帰ると、七郎太が入ってきた。

「なんと？」

「改易じゃ。そして余は伊勢へ蟄居じゃ」

「本多様の案じられた通りにござります。それにしても、なんという早さ」

「うむ、将軍は余が憎いのじゃ。消したかろうな」

「滅相もないことを」

「いや、兄の心中は見えている」

「したが何をもって伊勢にござりましょうな」

七郎太の濃い眉の辺りが翳っている。

「うむ、伊勢といえば――」

「大和柳生、伊賀も近い」

秀忠の信任厚い剣術家の柳生宗矩の里は、大和柳生である。それに、秀康を薬殺した服部半蔵は伊賀である。

秀忠はそれらをもって、忠輝の動きを十重二十重《とえはたえ》に監視しようというのであろう。

（これからの敵は将軍じゃ）

忠輝が藤岡に移ったとき、五郎八姫もこっそり越後から江戸の高田屋敷に移っていた。

そこへ忍んでいったのは忠輝である。藤岡から寄居《よりい》、そして、後は荒川を一気に下れば江戸である。夜陰にまぎれ、百姓姿に身を変えるなどお手のものだ。

それに、勝手知ったる高田屋敷、どこからでも潜入できるが、初めは乳人《めのと》の沙代から大声をあげられ、薙刀《なぎなた》まで振りあげられた。

しかし、今は沙代の方から気を利かせてくれる。二人の逢瀬は、いきなり褥《しとね》である。そして前置きもなく裸身を合わせる。

「庶民と同じじゃ。夜這いというのもこんなふうにやるそうじゃ。余は一度、そなたと森の中で草を褥にしたいと思っていた」

熱い息の下で、五郎八姫は

「それでいつ頃越後に戻られましょうか」

と言った。

「まあ一年は仕方がないな」

忠輝はそう思っていた。ところが家康の死によって事態は変わってしまった。主水正が江戸城に呼ばれ、秀忠の前で安西右馬允と対決させられた後、禄を削がれて常陸笠間にお預けとなり、つづく高田藩の改易である。

かくなるうえは五郎八姫を伊達家に返さなければならなくなった。


その夜、忠輝は肚を決めて高田屋敷に潜った。妻との最後の別れである。

「姫様、殿がおいでになられたようでございますよ」

聞耳を立てながら乳人の沙代が廊下へ出た。小さな手燭の明りの中に浮かびあったのは、百姓姿に身をやつしてはいても、見覚えのある姿態である。

「殿にござりまするか」

「そうじゃ」

沙代は足音を気遣いながら五郎八姫の寝所に案内した。

「五郎八」

「殿」

隔てられた二人は、情念を体にぶつけて倒れた。後は激情の嵐に任すばかりだ。

そして嵐が過ぎ去ると忠輝はやさしく後戯を楽しみながら訊いた。

「余のことを聞いているか」

「殿、伊勢にお伴するわけにはまいりませぬか」

五郎八姫の答えはしっかりしている。

「余は全てを失った罪人、それも流人じゃ。そんな所に妻を伴うわけにはいかぬ。余はそなたにとってよき主ではなかった。済まぬと思っている」

忠輝が生涯で詫びるのは初めてである。

「わたくしの悔いは、殿のお子が出来なかったことでございます。でもいつか、殿はまたこのように、わたしの許においでなさると信じております」

「そうとも五郎八、余はどこへ行こうと、必ずそなたの許へ忍んでいく。余にとっての妻は、そなた一人じゃ」

再び体を襲う嵐に、二つの裸身が一つになって褥に燃えた。

元和二年七月十二日、藤岡から伊勢に出発する忠輝は、江戸高田屋敷に一旦入った。

どの部屋に入っても、もう妻の姿も匂いも残っていない。

長安、三九郎につづいて、更にまた一人を失ったという寂寞が胸の中を吹いた。

長い黒髪、甘い女の肌の匂いが蘇って忠輝を悩ませた。今頃五郎八は仙台青葉城本丸の西屋敷にいるだろう。

『イエス様に誓って、殿以外の男《ひと》に嫁ぐことはありませぬ』

と最後に残したことばが身に沁みる。

（五郎八よ）

忠輝はそれを再び頭の奥で聴くと、ふっ切ったように門を出た。従う家臣は柾木《まさき》左京亮《さきょうのすけ》ほか十一人、他に徒士《かち》十名の中には、七郎太と三郎がまじっている。

夏の陽が眩しく額に照り、思わず笠の縁《ふち》をおろした。

従者たちの足どりは黙々と重いが、忠輝の脚は軽い。

（これで余は藩という荷をおろした）

伊勢がたとえどんな所であろうと、気持ちは軽い。

大坂冬ノ陣の江戸城での禁足といい、藤岡の蟄居といい、忠輝にとって不足はなかった。夜という世界があるからだ。

闇の中に忠輝の世界がある。栃木で育った野性が、奔放な生き方を可能にした。たとえ行く先が伊勢であれ、大和であれ、影者や忍びの網を掻いくぐって野放図に生きるのだ。

配流の旅というより、男一匹、自在の天地を求める旅である。忠輝二十五歳の夏である。

㈢

鳥羽藩主九鬼守隆は、忠輝見たさにわざわざ江戸から戻っていた。流罪の預り人といっても、いろいろ世話になった家康の息男忠輝を、鳥羽城で謁見したいと思ったからだ。

そして忠輝を見たとき、堂々とした体軀と、あたりを払うばかりの異様な威厳に少々圧倒された。

（これでは亡き大御所以上ではないか）

改易、配流の罪科については知らされている。しかし、必ずしも大坂贔《びいき》とも思えないが、どうして家康や秀忠を怒らせたのか、その辺の深い事情はわかっていない。

ただ、江戸を出るとき、年寄衆からあまり問い質《ただ》すなと言われた。背景の難しさと忠輝の異常性を含まされた。

だから忠輝と接見しても、そのことには一切触れず、

「当地は温暖にて風光もよく、静かにお過しいただくにはよき所と存じます」

と丁寧に言った。藩主自らが配流の人間に会うために、わざわざ江戸から戻ったというのも、将軍の弟であり、容貌魁偉という噂に好奇心がそそられたからだ。

「世話になる。よろしくお願い仕る」

それだけ言うと、忠輝は一点に目を据えて動かない。これではどちらが謁見されているのかわからない。

守隆は接見を終えると、もう次の日は江戸へ戻っていった。奇怪というか、手に余る御仁だという印象だった。

それから一カ月、日中のみ、城下の範囲に限定した行動を許された忠輝は、九鬼の家中の見張りを受けながら、七郎太と三郎を伴って騎乗した。

光を撥《は》ねる藍《あい》の鏡のような伊勢の海に、答志、菅の二島の森がこんもりと見える。

「越後の海と違いまするなあ」

「こちらの方がいいか」

返事に迷ったようだ。

江戸の海、越後の海、そしてこの伊勢の海と、海はいずれも美しいが、一様ではない。

どちらかというと、江戸の海と伊勢の海の明るさは似ていよう。それに比して、越後の海は色が違った。

こちらが陽なら、あちらは陰だ。しかし、深い陰影と品格においては、越後や越中の海が優っていた。

それを七郎太は言いたかったに違いない。

尾《つ》いてくる士卒は見張りであって案内人ではない。だから何も話さず、目だけをこちらに張りつけている。

晴れた日をこうして過し、雨の日は屋敷の中である。一カ月もすればもう退屈になってきた。

そこで夜の動きが始まった。鳥羽の港から遊女屋遊びと、これだけ思うようにされてはたまらぬと、九鬼陣屋では忠輝の配所を鳥羽の西方、朝熊《あさま》に移すことにした。

「朝熊の金剛證寺《こんごうしょうじ》に移っていただきまする」

と言われたとき、忠輝は内心北叟笑《ほくそえ》んだ。

朝熊とは朝熊岳のことで、伊勢・志摩を分ける山脈《なみ》の山頂で、そこには伊勢神宮の鬼門を守る金剛證寺が鎮座している。古来、多くの参拝者で賑わう霊場である。

忠輝が北叟笑んだのは、山中だということだ。そうなれば監視の目も遠のき、こちらの動きが自在である。

朝熊ヶ岳に移ってから暫く、忠輝はおとなしかった。見張りの目を意識してのことで、いきなり動けば、座敷牢ということになりかねないからだ。

山頂からは宮川、五十鈴《いすず》川が望まれ、稜線から大和、伊賀への道筋を確かめる。

そうして秋風が吹き、日の暮れるのが早くなった。それを見計らうようにして忠輝は七郎太と三郎を部屋に呼んだ。


「何か?」

七郎太は、忠輝の顔が暗く硬いのに気がついた。

「伊賀へ行くぞ」

突然である。

「伊賀でござりまするか。したが伊賀はここから一寸道のりがござりまするが

「……」

「伊賀に何か？」

三郎は忠輝をのぞき込むようにした。

少年の頃から三人で、武蔵や、信濃の山々を馬で駆け巡ってきたものだ。

だから、鳥羽から伊賀といっても驚くほどの距離ではない。

しかし、いかに退屈してきたからといって、そんな所まで駆けることはない。

押し黙った忠輝に再度、

「伊賀に何か？」

と三郎は促した。

「うむ」

頷くだけでは常の忠輝らしくない。

忠輝は今から言うことが、どれほど二人を吃驚《きっきょう》させるだろうと躊躇しているからだ。

「殿、何をお考えで」

「日頃の殿らしゅうござりませぬ」

「ここまできたら、われらに何もためらうことなぞござりませぬ」

二人は口々に忠輝を揺さぶる。

「服部《はっとり》屋敷を襲うのじゃ」

いきなりそう言った。

「服部屋敷とはどういうことでござりまする？」

（一体、この殿は何を考えておられるのか）

伊賀服部家といえば伊賀忍者の中枢である。そして今や徳川に近仕する諜報部だということを知らぬ者はない。

その服部を襲うというのだ。

忠輝の顔に苦渋が浮いている。

「おぬしらにこれまで明かさなかったことじゃが……」

生涯秘すべき越前松平家の秘事を明かさなくてはならなくなった。

「服部半蔵は、わが兄、秀康殿の仇じゃ」

「ええっ⁉」

二人は同時に声をあげた。

かくなる上は、あの門外不出の秘事をいよいよ語らなくてはならない。

過ぐる慶長十一年（一六〇六）、禁裏普請総督を命ぜられて上洛した秀康のことである。

「半蔵奴の丸薬に……。とはいっても、これも、亡き大御所の指金であったわ。もっとも半蔵奴も死によったが、それで怨みが消えるというものではない」

初めて聞かされた秀康の死の真因に、二人は呆然とした。

「したが何ゆえ大御所様はわが子を……」

「豊臣との関係を疑われておったからじゃ」

「したが何ゆえ豊臣と？」

「秀康殿はわしと同じようないわば捨て子の運命じゃった。よって十一歳の折、秀吉の所へ人質に出された」

それ以上のことは言うまい。

「おぬしらにわからずとも、余には許せぬ怨念ぞ。この怨みを晴らすことが、余の生甲斐となっておる」

「はっ、お心のうち、拝察つかまつります。われら、殿の怨念晴らすために、お供いたしまする」

「そうか、それにしても若き日の友とはいいものじゃな。印旛の悪餓鬼同士がこうしていつまでも」

忠輝は珍しくしんみりとした。

「いや、われらは殿の家来、友などではござりませぬよ」

「いや、時には友じゃ。そうでなくては淋し過ぎよう」

それから三人は、伊賀探索と決行のことなどを話し合った。

三人が一緒に山を下りることは避けなければならない。

そこで山に一人残って、雨や曇り空を選んで行くことにした。馬三頭は、朝熊から少し離れた百姓家で面倒をみてもらう。金さえはずめば事はない。

まず先発が七郎太。海沿いの道を安濃津まで走って西に折れ、伊賀街道を往く。

長野川に沿いながら長野峠を越えて布引山を往く。それから大山田村を過ぎれば上野城下である。

服部党はその城下にある。つまりはそこまで往って帰るのに、どれだけ時間がかかるかだ。往って帰るだけで一日がかりだろう。

ということは、夕刻出て、夜中じゅう動いて朝方までには帰ってこられるということだ。

「したが半蔵はもうおらぬというのに、一体誰を殺《や》るのでござります?」

「服部なら、江戸の服部屋敷を襲った方がよいのでは」

「いや、半蔵のおらぬ江戸屋敷なぞ意味はない」

「それは伊賀とて同じことではありませぬか」

「それは違うぞ。江戸屋敷などというものは、いわば出先のようなもの。大名たちを震えさせる忍びの半蔵、剣の但馬と言うても、伊賀と大和柳生と言うから意味がある。

じゃから本拠を衝くのじゃ」

「したが半蔵のおらぬ服部屋敷の誰を襲うのでござりまする」

七郎太と三郎はまじろぎもせず見つめた。

「家の者じゃ」

「そんな者を襲ったとて、仇討ちになりますか」

「なる。なるのじゃ」

忠輝は言下に答えた。

「伊賀は天正九年、信長によって掃滅の憂き目を見た。伊賀の乱じゃ。ところが翌年、本能寺の変によって信長は倒れた。そのとき堺を遊覧していた大御所を、伊賀越えで無事、長太《なご》から舟で岡崎へ送ったのが伊賀者じゃった。

以来、伊賀者は徳川に保護され、柳生と共に裏舞台を生きるようになった。その伊賀衆の総領が半蔵じゃ。半蔵は亡くとも、伊賀の本拠を衝かれるということは、言ってみれば徳川の中枢を衝かれたと同じじゃ。

余の復讐とはそういうことじゃ。兄秀康の怨みに一矢報いると共に、徳川政権を揺らしたい」

「なるほどそういうことでござりまするか」

「わかってくれるか」

「はっ、殿の心意、よくわかりましてございます」

「したが相手は忍びの手練《てだれ》、うまくいきましょうか」

三郎が不安の目を投げた。

「七郎太に三郎」

「はっ」

「はっ」

「秀忠が将軍になったは慶長十年じゃった。以来十二年の間に、どれだけ大名家の廃絶・没収をやってきたか。余の知るところだけでも三十家を越えている。秀忠という男は、一見大人しそうに見えるが、腹の内は氷の如きものぞ。怯懦《きょうだ》な者ほど苛酷じゃというからな。

ともかくそういうわけで、豊臣亡き今、幕府を脅すほどの者はどこにもない。よって、伊賀といえども、戦国の気風はなかろう。江戸から話がこなければ、穏やかなものではないか。案ずるほどのことはない。それに三郎、襲うのはおぬしでのうて、この余じゃ」

「いや、私奴も勿論お供つかまつります」

「それでこの冬の間までに、何度か伊賀へ走り、服部屋敷を調べあげる。見張りと、家人の様子じゃ。それから近くの村人の訊き込みなどもな。決行は年の明けた松の内じゃ。気を抜いておろうからな」

それから一カ月、志摩の山脈から吹きおろす風もいよいよ冷たくなってきた。漁や舟の出入りも少なく、家々の戸は鎖したままである。まして山上の金剛證寺を訪う人の姿もなく、ひっそりと冬籠りの態勢に入った。

すると番卒も身をこごめて部屋にとじこもる。町と違って音曲や人のさざめきもない山中では、こっそりと独り酒をあおって寝るだけである。

その間、忠輝主従は何度となく鳥羽と伊賀を往復した。

漆黒の長野峠に聞こえるのは、風と落葉と二騎の馬蹄の音だけである。北陸の雪に馴れた脚にはどうということはない。

幸い細い月明りが路を照らしてくれている。

服部川に沿って大山田村に入り、鳳凰《ほうおう》寺で馬を休める。

ほどなく伊賀上野である。上野の手前で馬から降り、二頭を樹の下に繋いだ。

伊賀忍びと同じ恰好で、頭から下まで黒衣で包んでいる。

川中島の頃、大久保長安から教えてもらった忍びの術と、手裏剣《しゅりけん》・撒菱《まきびし》を懐にしている。七郎太も同じである。

いよいよ家並みに入ってきた。薄雪が軒下に白く積んでいる。月は消え、風の唸りと庇《ひさし》を叩く音のみである。

二人は闇の中に溶けながらひたすら覚えのある服部屋敷に急いだ。

裏手に廻って土塀を越える。何度か来て確かめているため、水屋口が入りやすいこともわかっている。

この時期、もう鳴子のような仕掛けはない。

耳を澄ましながら、風の音といっしょに油を垂らした引戸を引く。

そのとき、カタカタと高い音がしたのは風に転がる桶の音だった。落ち葉が庇を叩き、冬の夜の寒さを一層厳しくしている。

伸

開放的な秋口から、屋敷の外で探ぐっていたため、おおよその部屋の間取りもわかっている。

足音を消しながら水屋から母屋の縁に上がった。聴き耳は寝息と人の気配である。

と、寝所らしきところから咳の声がした。

（起きているのか！）

二人は立ちすくみ、身構えた。

それから暫く動かずに気配をうかがうと、それは寝息に変わった。

寝所の前に立った。気配から察すると二人以上だ。大きな寝所はここである。

まず忠輝が油を垂らした敷居の戸を、音もなく引いた。仄《ほの》かな枕行燈の明りが見えて、ぼーっと四つの布団が映った。

忠輝は鳥のように飛んで、床《とこ》の間に近い首めがけて振りおろした。つづく七郎太も布団の衿から出ている頭の付け根に刀を次々と突き刺した。

目醒めの一瞬を衝かれた四人は、何が何やらわからぬうちに首根を斬られ、あるいは刺し貫かれた。

血飛沫《しぶき》が飛び、部屋は忽ち赤い色に染まった。しかし、声一つあがらなかった。

忠輝は用意してきた二枚の半紙を懐から出して布団の上に置いた。

墨痕は「康」と「秀」である。

それから二人は、風のように消えていった。

この騒擾は当然、鳥羽藩で大いに問題となった。しかし、朝熊山頂の流人の仕業とはさすがに思いもよらない。

それに、上野藩も事の拡大をおそれ、服部家への私怨として片付けてしまった。

しかし、現場に残された唯一の証拠「康」と「秀」については、江戸で密かに論議された。

「康」と「秀」といえば、今は亡き家康と将軍秀忠である。それが何故、服部屋敷襲撃の現場にあったのか——。

今頃になって、先君と将軍の名を千切って服部屋敷襲撃に使うのか。しかし、徳川が裏で伊賀と繋っていることを知っている者たちは、あり得ないことではないと思っている。それにしても大胆な仕業である。

江戸城本丸、御座の間で、秀忠の前に、重臣土井利勝と酒井忠世が対座している。

先刻から問題の種になっている伊賀服部屋敷の件である。

「上野藩は服部党の内部抗争か、はたまた他からの怨みとして片付けたようでござりまするが、このままそのようにして打ち切るか、本格的に調べを始めるか、いかがいたしましょうか」

「うーむ」

酒井忠世は腕組みをしながら、

「どう考えても、服部内部の対立からくる怨みとしか考えられませぬなあ」

と重い息を吐いた。

服部内部の対立とは、『鬼半蔵』で知られた半蔵正成没後、嫡子の正就は組下の同心たちを酷使したことから反感を買い、同心一同が寺に立て籠るという不祥事を起こして改易となった。

その後を継いだのが弟の正重だったが、大久保長安事件に際し、その進退が幕府の忌諱《きい》に触れ、慶長十八年（一六一三）除封処分となってしまった。

そうした嫡流系の不面目に、正就の妻（桑名藩主松平定勝の娘）側が声を上げるようになり、内紛状況があったこと。

それと、正就の同心たちの怨念が残っていると考えられるなどである。

「多分それでござりましょう。怨みほど厄介なものはござりませぬ。時と共に薄れ、忘れるかと思いきや、これだけは溶けて流れるというものではありませぬ」

「うーむ、左様、左様」

利勝も相槌を打った。

「上様、われらにはそのように考えられ、意見も一致いたしましたれば、これは私怨の仇討ちということで、梟《けり》をつけてはいかがでござりましょう」

(いや、待て。余の腑《ふ》には落ちぬぞ)

秀忠はもう少しでそれを口にしようとして慌てて呑みこんだ。

(これは余だけの知るところであったわ)

そう得心すると、利勝と忠世を退がらせた。

秀忠の疑いは忠輝である。

利勝や忠世の推理、詮議に抜けているのは「康」と「秀」の二枚の墨書である。

あの二文字が何を意味しているか、それがこの事件の鍵である。

服部内部の抗争や、同心たちの意趣返しに、どうして「康」と「秀」が必要か。

要は、家康と秀忠への怨念、意趣返しである。

（しかし……）

秀忠は独り考えつづけた。

聡明な二人や、ほかの重臣たちも、薄々、そういうことに気がついているのではないか。

しかし、徳川内部の骨肉の争いや怨念を、今となって表に出すわけにはいかない。

それゆえ、服部内部のこととして、敢えて表に出そうとしないのだ。

（いや……）

と、また秀忠はそれを打ち消した。彼等（重臣たち）はあのことを知らないのだ。半蔵を使って、北ノ庄の秀康を謀殺した秘事を知っているのは、家康と自分だけである。

（しかし）

秀康はそれと気付いたかもしれぬ。そして、臨終《いまわ》のとき、それを忠直か本多富正に明かしたのかもしれぬ。

そのために、その懐柔として娘勝子を忠直に嫁《おく》ったのだ。いや、懐柔ではない。口封じのためだった。

勝子の夫として、忠直は絶対に秀忠と江戸に、矢を向けることはないはずだ。

（しかし）

あの忠直は、忠輝にしゃべったかもしれぬ。いや、しゃべったのだ。

そこで伊勢へ配流された、忠輝はその報復を考えた。秀康と忠直に代わって――

伊賀服部は、半蔵正成の出自本家である。そこを襲撃することに意味はある。屍体の上に置いた墨書、「康」と「秀」は、『秀康』の怨み、『家康』と『秀忠』である。

（心憎いことをしよるぞ、忠輝）

しかし、これを世に公表することはできぬ。なぜならこれは、徳川家のいわば私闘だからだ。

秀忠が忠輝を伊勢朝熊から更に配所を移したのは元和四年（一六一八）春である。

伊勢在留は一年と数カ月でしかなかった。

その短かさの理由について、人々はいろいろと論《あげつら》った。やれ粗暴の振る舞いだの、神域を汚したのと、忠輝評は良くはない。

しかし、預った九鬼氏としては、とりたてて忠輝を非難し、手に負えぬと申し出たわけではない。特に目立った所業があったわけでもなく、将軍の舎弟を大事にしてきたつもりだ。

それがいきなり将軍家の方から配所替えを伝えてきたのである。そのことでまた九鬼守隆は江戸から帰ってきた。

「私といたしましては、このままずっとお過ごしいただけるものと思っておりましたものを、残念にございます。

私どもの方から、決して殿の配所替えを申し出たものではございませぬ。私どもも、合点がゆきかねております。何しろ将軍家の方から突如として申し渡されしものにて、理由のほどはわかりませぬ。何卒お赦しいただきたく……」

と守隆は平身して忠輝の配所替えを詫びた。

「いや、世話になった。伊勢は本当に良き所であった。余の思い出の所となった」

そう言われて守隆は胸の詰まる思いである。

元和四年、春、伊勢の海は穏やかである。

二年前の供を連れて、忠輝は伊勢朝熊を後にした。

（「秀」「康」が利《き》いたな。余と気づいたのは秀忠じゃ。よって余を伊賀の近くに置

けぬとな)
これでよい。兄上への復讐はこれで終わった。一番こたえたのは秀忠のはずだ。

第十一章❖信州諏訪

㈠

元和四年（一六一八）春の飛騨はまだ雪の中である。それでも陽差しは明るく、雪の合間から水の音や、柔かい緑が見えてきた。

ここは飛騨高山城主金森重頼《しげより》の館である。伊勢朝熊で何があったかしらぬが、二年そこそこで次の配所に移らなければならなくなった理由は何か。

江戸で聞く話では、大久保長安との絡みや、大坂攻めの不始末などが専らで、朝熊で何があったかはわからない。

そこで九鬼守隆に直に訊いてみたが、守隆自身わからぬと言う。豪放な性格で、謫所《たくしょ》におとなしくいるというものではないが、さりとて家臣や城下の人々に乱暴を働いたなどということはない。

「お気になさるな。それよりああしたご仁は窮屈にされるより、大様《おおよう》にされたがよいと思いまするぞ。それになんと言うても、将軍のご舎弟にござれば」

と守隆は言い添えた。いずれにしても、将軍の弟を役宅に迎えることは頭の痛いところである。

金森重頼は九鬼守隆と違い、居城高山にいる方が多く、守隆の時と同じように高山の城で面謁することにした。

重頼も初対面の忠輝に、守隆が感じたものと同じような印象を覚えた。厳《いかつ》い異相、射るような眼差し、偉風からくる威圧感がある。そして重頼もまた

（秀忠より将軍にふさわしい）

と思った。

こんな若者が終日おとなしく役宅にいてくれそうもないと思ったら案の定、着いた明くる日から姿が消えた。それに随臣の姿もない。

慌てた高山城は、重頼の近臣が城下に走り、町の外まで緊急の手配をしたがわからない。

ところが暗くなった頃、どこからか戻ってきた。初日からこんな具合だから、先が思いやられるというものだ。

しかし、まだこうして冬籠りの間はいいが、雪が解けてこようものなら大変だ。どこから出ていくかわからない。

そこで門という門、扉という扉を閉めて番卒を置いたが、それでもどこから抜けていくのか姿がない。それも城から離れた所に馬数頭も飼っているのだ。そして終日野駆け、山駆けを楽しむ。

それも一日、一日と距離を延ばし、北は越中、東は飛騨の山脈《やまなみ》を越えて信濃の飯山、松代あたりまで飛ばす。

そうなると目付けの脚がついていけない。それに、途中の目くらまし走法や野宿に、ほとほと手を焼く。

これでは配所の流人ではない。流人は流人らしく、おとなしくしていてもらわなければと、重頼の小言の量がふえる。

その小言を幕府の年寄りにそっと述べても、

「うまく飼い馴らすことじゃの。締めつければ暴れる。緩めれば行方知れず、ま、難しい若殿じゃが、それでも将軍のご舎弟じゃ。徒疎《あだおろそか》にしようものなら、おことの方が潰されまするぞ。うまく、うまく、飼い馴らされよ」

と説教される始末である。そんなわけで、重頼も九鬼守隆を真似て、江戸にいることにきめた。高山は国家老に任せることだ。

　こうして五年がたった。

　忠輝も三十二歳になっている。飛騨、信濃の峠という峠を越え、平地から川筋の道を駆けるだけ駆け、飽きることがなかった。

　しかし、そんなことにも空しさを覚えるこの頃である。

　無理な自由を求めても、満たされることのない明け暮れであった。

　するとその日の夕方、一人の男がふらりと配所の門をくぐってきた。夕飯時で、幸い門番の目を掠めて入ってきたようだ。

「お見忘れでござりまするか」

　髪にも白いものがちらちらし、頬をけずった細身の男である。

「おお、おぬし、飄太ではないか」

「よく覚えていてくだされました」

「あれからどこにいたのじゃ」

　あれからとは、慶長十七年の「越前騒動」の探索に北ノ庄へ走らせたことである。あれからもう十一年がたっている。

「北ノ庄にいました」

「北ノ庄と？ どうして越後へ戻らなかった」

「翌年、長安様が亡くなられたゆえ」

 長安と共に生きてきた飄太にとって、長安亡き越後は、帰る所ではなかったようだ。


「して、どうして余の所にきたのじゃ」

　この男が忠輝の前に現われるのは不思議である。

「北ノ庄の情報《おしらせ》を持ってまいりました」

「北ノ庄じゃと？」

「殿にとって、最も心をとられていた所ではござりませぬか」

「うーむ、その通りじゃ」

　そのために、忠輝の改易後も、北ノ庄にとどまって忠直のことを探りつづけていたというのか。

「したが飄太よ、余にはもうおぬしに渡せる応分の金はない」

　すると飄太は首を振った。

「金のために北ノ庄にいたわけではござりませぬ」

「では何のためじゃ」

「殿と忠直殿を一つに考えていたからでござります」

　たしかにその気はあった。しかし、大坂夏ノ陣で、忠輝は忠直に見切りをつけてしまったのだ。

　そんな心の変化も知らず、飄太は北ノ庄で忠直を見つづけていたようだ。

　その飄太の口から、思いがけないことばが飛び出した。

「忠直殿が改易となり、豊後(大分)に配流となられましてござります。それをお知らせしたく」

「忠直殿は大手柄をたて、気分よく北ノ庄にいたのではないのか」

「いや」

　飄太は首を振った。

「改易の理由は何じゃ」

　豊後とはあまりに遠いではないか。

(一体何があった?)

「ご乱行にござります」

「乱行じゃと? どんな乱行じゃ」

繊細な白面の忠直に、乱行は不似合いだ。

「また内訌か」

「隠れキリシタンにござります。それが暴《ば》れ」

「なんと、あの忠直殿が隠れキリシタンじゃったと？」

驚いた。金沢で会ったとき、そんな素振りもなかった。もしそんな思いがあるなら、忠輝にだけは打ち明けてくれてもよかったものを。

（あのとき五郎八《いろは》のことを知っていたではないか）

忠輝は、初夜の床でそれを受け入れたとまで語ったものだ。

（何があったのじゃ、忠直殿）

忠直の妻はいやしくも将軍の娘である。

改易となったからは、とっくに表沙汰となり、勝姫の境涯にも及んでいるはずだ。

（余が越後にいたら）

忠直は忠輝を必要としたはずだ。ところがこちらの方が藤岡、朝熊と配所を流れていたのだから……。

「それで奥方はどうなった」

「お子たちと、とっくに北ノ庄を出られて、江戸に戻っておられます」

「なんと、江戸に。いつからじゃ」

「もう二年前になりましょうか」

「そんなに前から……」

十一歳の頃の勝姫の顔が蘇って慌てた。

「ということは、二人の間はその頃既に壊れていたということじゃな」

「はい。それから申し遅れましたが、奥方様と仙千代（忠直の嫡子）君の転封先は越後高田にござります」

「なに、高田じゃと！」

忠輝の声が上ずった。忠輝改易後、高田に入ったのは上野《こうずけ》高崎の酒井家次だったが、一年半ぐらいで没したため、松代（川中島藩）にいた忠直の弟忠昌が替わっていたはずだ。

「はっ、実は忠昌殿が北ノ庄に移られ、仙千代君（忠直の嫡子）が高田へ入られたのでござります」

「そうじゃったのか」

複雑な気持ちだ。福島から菩提ヶ原に新城を移すべく工事に着手、そして未完ながら高田城に入ったのは元和元年（一六一五）の春であった。

しかし、その新城に、長安も三九郎も入ることはなかった。どんなに立派な城が越後の空に聳えようと、空洞の如きものであった。

ただその一角に、五郎八姫との短い密月を送った部屋がある。

（そこへいずれ勝姫が入るのか……）

因縁というものだろうか。忠輝が築城しながらたった一年だけの在城だった。そこへ、北ノ庄を逐《お》われた勝姫母子が入っていくとは――。

（二）

飄太が語った忠直の隠れキリシタンの経緯はこうである。

大坂夏ノ陣で戦功をあげたにもかかわらず、家康からの恩賞は当座のものとして茶壺「初花」を貰っただけで、その後の加増はなかった。これに立腹した忠直は、「初花」を家臣たちの前で打ち割り、そして臆面もなく、

「次は駿府攻めじゃ。父上と余の怨み、晴らさいでか」

と言い出す始末である。それまで傍らではらはらしながら気を揉んでいた本多富

正の癇癪《かんしゃく》が切れた。

「なんということを言われまする！　藩主たるもの、そのような暴言がどういうことになるかご自覚あられまするか。まして奥方様は江戸の姫、奥方様やお付きの人にでも聞こえたら、なんとなされまする」

富正の顔が引きつった。

「よいではないか。江戸に告げようと思うならいくらでも告げればよい」

「そういうご短慮がどういう結果になるか。越後の殿（忠輝）がいい例ではございませぬか」

「越後の叔父上のことは言うな」

忠直は一喝した。大坂ノ陣の不戦を誓いながら、越前は先陣まで競って大坂城に突入した。

そして多くの犠牲を払ったにもかかわらず、恩賞も与えられず打ち棄てられた。

それからみれば、忠輝の方が所信を通し改易された。それは天晴れだと言わざるを得ない。

しかし、これは富正に言えることではなかった。

富正は富正で考えた。このままではどんな暴言や暴走をしでかすかわからない。

忠直と藩のために、面目を一新するような事業《こと》を起こさなければならない。それが鳥羽野《とばの》の開発である。

鳥羽野とは、北ノ庄から南へ二里、烏《からす》ヶ森、糺野《ただすの》、河瀬山一帯で、古来から原生林に覆われ、人馬の往来もなく、往還は迂廻して難渋してきた所である。

ここに道を拓き、宅地と耕地を与え、新しい村を造成するというものだ。

「よかろう」

忠直は裁下し、自らも作業奉行と一緒に馬を走らせて、真剣に取り組むようになった。

「富正殿、いい構想をなされましたなあ、これで殿も生き生きとされてきました。いつまでも不平を鳴らしていてもいけませぬ。士気にもかかわれば、あちら（江戸）にも聞こえますからなあ」

小栗正高は久しぶりの笑顔を見せた。本多、小栗、共に秀康のときからの重臣だが、秀康以上に難しい忠直の舵取りに、頭を悩ます毎日である。

「まあ、ここ二、三年は鳥羽野に打ち込んでいただけましょう」

そのうち落ち着いてくれるだろうという肚づもりだ。

ところが開発も終りかけた元和六年（一六二〇）頃から、忠直の時間に空白が見えてきた。というのは、一日おきに現われた作業現場や本陣から姿が消え、どこにいったのか行動が摑み難くなってきた。

「殿はどこにおられる」

「さあ、そう言えばこの頃お見えになりませぬなあ」

そうした行動不審は、何も外だけではない。勝姫の口からも上がった。

「殿は一体どこにおられる。鳥羽野とばかり思っていれば、先刻金沢ということじゃった。それも一度や二度ではない。一体金沢になんのご用じゃ。それに戻ってこられても城にはおられず、どこに起き臥《ふ》しておられる」

驚いた伊豆守が調べてみると、たしかに忠直は城の寝所にもいない日が多々あるようだ。

(また何をお始めになられた)

不安の募る富正は、直ちに人を放って忠直の身辺の追跡を指令した。

そこで驚くべきことが発覚したのは、忠直のキリシタン入信であった。

忠直の金沢行きは、イエズス会の宣教師、ベント・フェルナンデスに会うためだった。

フェルナンデスは畿内から東海道筋を行脚して江戸に入り、暫く滞在した後、上州を経て信濃、越後、越中から金沢へ入っていた。

そのフェルナンデスになぜ会おうとしたのか、そして今や「イグナチオ」という洗礼名まで貰っているという。これでは全く言い逃れられない事態である。

「殿、キリシタンが禁教だということをご存知でしょうね」

勝姫は怒りと悲しみを綯《な》い交《ま》ぜながら迫った。

「わかっている」

「藩主がそういうことでどうなさるのです。まして越前家は徳川のご家門」

「それにそなたは将軍家の姫じゃ。そなたの言いたいことは重々わかっておる」

「ならどうしてキリシタンなぞに——今のうちならなんとかなりましょう。即刻洗礼名を返上なされて、以後キリシタンと手をお切り下され」

しかし忠直は口を引き結んで応じない。

「どうして、どうしてご返事なされませぬ。これが暴《ば》れたら、お家は改易にござります」

勝姫は眼尻をあげて畳み掛けた。すると、

「覚悟はできているのじゃ」

ポツリと忠直が言った。

「まあ」

勝姫は叫びとも悲鳴ともつかぬ声をあげた。

「どうしてそんな気になられました。殿はそれでよくとも、わたしや仙千代、それに姫たちはどうなります。仙千代のことをお考えになるお気持ちはないのですか」

「もし改易となったらばそなた江戸に戻られよ。仙千代がことも将軍は考えて下されよう」

「そこまで殿は……」

勝姫はことばを失い、よよと泣き伏した。

何ゆえのキリシタン入信なのか。それも、藩主の座を賭けての覚悟である。

勝姫はそれを本多富正に打ち明けた。今のうちに入信を脱会させて、幕府に気取《けど》られぬよう計らわなければならない。

ところが暫くして、意外なことが出来《しゅったい》した。長谷川縫之助という家臣が自害したのである。

その前、江戸から忠直の「御病気詮議」の上使がきていた。御病気詮議とは、忠直が参勤を怠っているからだ。

本当の御病気詮議か、それとも何らかの風評を耳にしての詮議か、重臣たちは困惑した。

そして詮議は長時間に及び、四日もかかった。ところが詮議を終えた上使が、江戸への帰途、栃ノ木峠を降りた近江領で闇討ちにあったという。

その直後、縫之助が自害したのである。しかし、どこにも縫之助には事件との接点がなかった。

ところが時間がたってくると、意外なことが表われてきた。縫之助は、忠直の側室お蘭の傅役だった。

側室お蘭は、忠直が「越前騒動」で成敗した久世但馬守の妻だった。忠直がまだ勝姫を迎える前、お蘭の美しさに横恋慕していた忠直は、久世を政争に追い込んで自害させ、燃える久世邸の中からお蘭を救出させた。

その後お蘭は忠直の寵臣小山田多門に預けられ、忠直の隠し側室となった。

しかしお蘭は、たとえ藩主とはいえ、夫を討った忠直の側室になることを苦しみ、その救いをキリシタン信仰に求めた。

北ノ庄におけるキリシタンは、高山右近の父、高山飛驒守友照が北ノ庄に追放され、柴田勝家の監視下にありながら布教し、数をふやしていったという経緯がある。

忠直がお蘭を通してキリシタンに惹かれたのは、大坂夏ノ陣から二年後である。家康に対する父秀康の怨み、そして、大坂夏ノ陣の戦功に報いられなかった二重の怨みに苦しむとき、お蘭の信仰に癒やされていったというわけだ。

忠直の人生で、一番穏やかな時期であった。

しかし、信仰が深まれば深まるほど、正室勝姫との間は冷えていった。

お蘭の傅役縫之助は、そんな間《はざま》にあって苦しむようになった。そして江戸からの「御病気詮議」に責任を感じ、上使をひそかに討たせた後、自害したのである。

そうしたいわば第二の「越前騒動」により、忠直は改易、配流地は豊後、府内藩主竹中釆女正《うねめのしょう》重義預かりとなった。

元和九年（一六二五）三月三日、忠直は家士数十名を連れて、下馬門から城を出ていったという。

「そうか、よくぞ知らせてくれた。礼を言うぞ」

「いや、忝《かたじけの》うございます」

「したがおぬし、おぬしの調べは大したもんじゃ。感じ入ったぞ」

「こういうことも、みな長安様から教えられましたもの。ま、私奴の使い所はそんなもので」

と飄太は語尾をおとした。

「してこれから何とする。どこぞへ行く宛てはあるのか」

飄太は暫く黙った。疲れが滲んでいる。

「実は……」

と言い出して一寸口ごもった。

「遠慮するな、もう以前の忠輝ではないのじゃ」

「はあ、殿のお側に置いていただけたらと……。手ぶらでお願いするわけにもいかず、せめて北ノ庄の情報《こと》を持ってと」

「そうか、そうじゃったか。それなら言うが、おぬしに二度北ノ庄へ走って貰った後、長安から、おぬしを譲り受けたいと考えた。あるいは断わられるやもしれぬと思ったが、それでもまじめに考えたものじゃ」

「どうして私奴のような者を」

「おぬしのような働きの出来る者はおらぬ。余が惚れたのじゃ」

「有難うござります。したがもう体も少々弱り、力も失せてきました」

「よいではないか。余の所でゆっくり羽を休めてくれ。それに余じゃとて、かつての忠輝ではない。十人ほどの家士を持つ配所の流人じゃ。よって、おぬしに報いるものは何もないがの」

「いえ、お側に置いていただけるだけでよいのでございます」

「ハハハ……おぬしも変わった男よのう。それだけの能力を持ちながら、余の所にいても何にもならぬぞ」

「いえ、私奴の師匠は長安様でございました。長安様亡き後、私の心はもぬけの殻、ほんとうに淋しゅうございました。そうしてどうやら気を立て直したとき、次なるお方が殿だとわかりました」

「それは有難いが、今も言ったように、果たしておぬしの才を生かせるような仕事があろうか。余はもう世捨人のようなものじゃぞ」

「世捨人でもよろしいのです。殿に魅入られた男にございますれば」

「ハハハ……久しぶりに嬉しいことを聞いたものよ。こんな余でよければ、いつまでも余の側にいるがよい」

「有難うございまする」

と飄太は退がっていった。

（三）

寛永三年（一六二六）、ここは南信濃、諏訪である。茅野からは八ヶ岳、蓼科の麗峰を南に、赤石、木曾の山なみが望まれる。そして真ん中には鏡の如き青藍の湖がひらけている。

金森重頼を悩ませた高山の八年から、この年、三度目の配流地がここ諏訪である。諏訪頼水も覚悟をしなければならない。そこで金森重頼と同じように、江戸でいろいろと忠輝評を聞き、重頼からも苦労話を聞かされた。

しかし、一方的に忠輝を悪と決めつけるわけにはいかない。来《こ》し方の事情を思えばわからなくもない。

つまりは父（家康）や兄（秀忠）に反発、抵抗したいだけの歯ぎしりだと思えばよいのだ。

そういう歯ぎしりをおとなしくさせるには、軟禁・監視などの抑圧ではなく、むしろ思いのままにさせることと温和が有効である。

そこでまず城の南の丸に新殿を造り、忠輝の配流を待ち受けた。こんな遇され方は初めてだ。元来、人間的で、優しさに弱い忠輝なのだ。

「忝《かたじけな》い」

　素直に謝辞が口から出る。

　新殿から庭に出れば、一望青い湖である。

（心が洗われるようじゃ）

　もしかしたら、このままずっとここにいるかもしれぬ——そんな予感がした。

「美しい所でござるの」

　忠輝にして配所で吐く初めての賛辞である。

「そのように思し召していただければ……。したが冬はことのほか寒気が厳しく、人々を苦しめますが、幸いいい温泉がござりますゆえ、殿もお楽しみ下され。

　それにこの湖は十一月の末ともなれば全面結氷いたし、湖上を歩くこともできまする。そして春になれば『御神渡《おみわたり》』の氷が音をたてて亀裂の山を作ります。まあ、面白きこともござりますればごゆるりと」

　これでは流人に言うことばではない。

（忝い）

　再びそれを呟いた。

頼水の融和策で、忠輝は外見すっかりおとなしくなった。折々南の丸で忠輝と頼水の囲碁が見られるかと思えば、舟を浮かべて釣りを楽しみ、漢詩の朗詠など、まるで風流人のような生活である。

それから六年の歳月が流れ、寛永九年（一六三二）一月末、厳寒の諏訪に秀忠の死が伝えられてきた。しかし、忠輝の表情は動かなかった。

そして夏、忠輝は湖に舟を浮かべて涼を取り、岸辺で近くの子らと談笑していたとき、七郎太が一通の書状を持ってきた。

開いて読み下した忠輝の顔がみるみる苦痛に歪んできた。

「何か悪いことでも……」

「倅《せがれ》が自害したと」

「あの、もしかして徳松君！」

忠輝が側室於《お》竹を持ったのは、五郎八姫を迎える三年前のことである。

川中島藩の江戸屋敷に置いていたが、その後福島藩から高田藩へと変わるごとに、於竹も移った。

和漢の書を読み、忠輝にも少なからぬ影響を与えた女であった。この於竹が徳松を産んだのは、大坂夏ノ陣の後である。

男子誕生の報せに、忠輝は満足したが、五郎八姫の手前と、夏ノ陣で家康や秀忠を怒らせた後だっただけに、高田では特に表沙汰にしなかった。

そして幼名「徳松」と、祝いの金品を直ぐに江戸へ送った。そして後から江戸へ駆けつけたのである。

来てみると、まだ目もしっかり開かぬ赤児で、眠っているか泣いているだけの子である。

「余が父御《てて ご》じゃぞ。大きゅうなれ」

とおぼつかない手つきで抱きながら、二十三年前の自分がこんなものだったかと思った。そしてこんな子を抱きながら、下野《しもつけ》の栃木まで行ったという本多正信の心情が、手に取るようにわかった。

（余はそなたを捨てたりはせぬぞ）

人一倍の思いをこめて、赤児を抱きしめた。

それだけの逢瀬である。翌年の元和元年（一六一五）九月には家康から藤岡蟄居を命ぜられてしまった。

そして家康の死後、今度は秀忠によって改易され、伊勢朝熊に配流された。勿論妻子を伴うことなど許されず、高山へ移ってから、於竹母子が岩槻城主阿部正次に預けられたということを聞かされた。

(余はかくも父子の縁に薄いものか)

しみじみと自分と家康、自分と徳松のことを思った。

それからもう十余年が過ぎている。折々、ふいと息子のことを思いやることはあっても、文を出したり、会いに行くことも出来ない。

(いずれ必ず会うこともあろう)

それだけを思いつづけた。

そこへ、いきなり徳松自害の報せである。

「飄太、岩槻へ行ってくれぬか。徳松の死の真相を探って欲しいのじゃ」

「承知しました」

と飄太は諏訪を離れた。

それから十日後、意外に早く飄太は戻ってきた。

岩槻城主阿部正次に預けられていた徳松は、流人、松平忠輝の庶子である。

日陰者としてひっそりと生きた於竹母子は、まことにつつましい暮らしだった。

そんな母子に生き甲斐を与えたのは、正次の家臣、東西孫右衛門である。孫右衛門は、於竹が書に通じていることを知り、於竹のために、書を学ぶ便宜を計った。書の師匠の名はわからないが、これが正次の逆鱗に触れ、孫右衛門に切腹を命じたのである。

理不尽な藩主正次の命令に、於竹は怒りと悲しみにのた打った。

「何たる殿か、それにしても、孫兵衛門殿のご災難」

それも、自分に関わったことから起こった不幸と、泣きくずれる母を見て、徳松は決意した。

「母上、われらもここで、われらの心を示そうではありませぬか。私は流人の父を持ったことを不幸に思っていますが、立派な母上を持ったことを、幸せだと思っていました。その母上の学びの手引きをしたことが、死に値するほどのことなら、われら母子《おやこ》も孫右衛門殿に従い、殿に一矢報いたく存じます」

そう言って徳松は、岩槻城内の己が屋敷に火を放ち、母子ともども火の中で果てたというのだ。

「ご苦労じゃった」

忠輝は神妙に頭を下げると、飄太の手を取って労を謝した。

その日から、忠輝の姿が湖畔に見られなくなった。屋敷内で終日机に向かうか、ぼんやりと庭を眺めている日が多くなった。

「殿、野駆けに出られませぬか」

「野山は今、紅葉の真っ盛りでござりますよ」

と誘っても腰をあげない。

「相当、参られたようじゃのう」

「あんなに気落ちされた殿を、見たことがないわ」

「一人のお子じゃったからなあ」

人が変わってしまったかと思うほど無口になり、孤愁が滲んでいる。

㈣

元気を失った忠輝が、再び青い息を吹いたのは寛永十五年（一六三八）の二月である。

肥前島原の話が忠輝を興奮させたのである。興奮した話とは、島原領内で起こったキリシタン農民の一揆である。

一揆の因《もと》は、島原藩主松倉氏と、天草を治めている唐津藩主寺沢氏の悪政である。

幕府の禁教令のもと、元和八年、長崎での五十五人大殉教事件を初めとして、京・大坂・堺と、まさに「火あぶりの時代」といわれる残虐な処刑が十年もつづいた。

島原藩主松倉重政、唐津の寺沢らも、同じように信徒に対する血の迫害と弾圧を行なってきた。

そのうえ島原・天草の領民を苦しめたのは、寛永十一年からつづいた凶作による飢餓である。にもかかわらず、年貢をつりあげ、完納できない農民を、火責め水責めの刑に処したことから乱は起こった。

寛永十四年(一六三七)十月末、島原半島、口の津村で端を発した農民の火の手は、みるみる島原半島を北上、島原城を包囲した。そして城下に放火すると、藩主松倉氏の居城を襲撃、更に、唐津藩天草の富岡城まで攻略する勢いとなった。

幕府が動いたのは十一月末、元、家康の近習筆頭、板倉重昌を征討軍の大将として送りこんだ。

重昌は現地にきてみると、一揆軍は三方を海に囲まれた天害の要地、原城に立て籠っていた。本丸には若き首領、天草四郎時貞の指物《さしもの》が翻り、城壁には十字架の旗が林立している。

大坂ノ陣で腕に覚えのある重昌だったが、十二月十九日、三万七千の立て籠る原城総攻撃に幕軍は敗退、重昌が戦死する事態となった。

困難とみてとった幕府は、新たに老中、松平信綱と戸田氏鉄《うじかね》を援軍として送ったという。

頼水の話である。

「飄太を、飄太をこれへ」

七郎太は飛んでいった。

「いかがなされました。何かござりましたか」

戻ってきた飄太は、怪訝の目を向けた。

「忠直殿は確と津守《つもり》か」

津守か――とは、忠直の最初の配流地は豊後の萩原《はぎばる》であった。ところが府内藩主竹中采女正《うねめのしょう》重義は、舟便のある萩原を警戒して、忠直を府内から十一里ほど離れた山の方、津守という所に移したからだ。

忠輝が考えたのは、忠直が島原に走っているのではないかということだ。

「何というご心配を」

「それを案ずるはおかしいか」

「おかしくはござりませぬが、そんなことはあり得ませぬ」

水をかけたような返答である。

「なぜそのように断言できる」

「忠直様のキリシタンは、江戸や駿府へのいわば怨みの抵抗。いや、逃げ場だったように思われまする。それと、お蘭様との愛の隠れ場。そういう、極めて個人的なものでござりますれば、農民一揆の徒党の戦さに、血気をもって馳せ参ずるようなことはござりませぬ」

「……」

忠輝は呆気にとられた。言われてみればその通りかもしれぬ。飄太は忠直をよく観察している。

それからみて、島原と忠直を繋いで考えるとは、あまりに一直線、短絡的であり過ぎた。

「忠直様というより、もしかしたら殿ご自身が島原に行かれたいのではございませぬか」

ずばり図星を指された。

「……」

「間違っていたらご勘弁を」

「間違うていぬと言ったらどうする」

「お止めいたしまする」

「伝え聞くところによりますと、忠直様は人が変わったようにおとなしくなられ、一伯様と称されて、津守の人々から慕われておられるとか。そんな忠直様が、仮りにも刀を取って西に向かわれたりなぞあり得ませぬ。

それだのに、殿は何ゆえ？ 殿の敵は一体何でござりましょう。何のための島原でござりまするか」

（余が島原に興奮したのは何だ……）

咄嗟にキリシタンの忠直を思ったからか、それもある。しかし、それ以上に忠輝自身の血をたぎらせたのは忠輝の中にあった。

（抵抗じゃ。それも権力というものに対する）

家康を怨み、秀忠に抗《あらが》い、秀忠亡き今、孤狼の忠輝の血をたぎらせるのはキリシタン農民の抵抗である。

（余はこれまで本当の戦さをしてこなかった）

文禄元年（一五九二）生まれの忠輝が成長した頃には、もうどこにも戦さはなく、あったのは大坂ノ役だった。

しかし、家康の謀略によって追いつめた戦さには、忠輝の血も心も沸かなかった。そして結果的には戦さらしいこともせずに引き揚げ、秀忠の近臣を斬ったことが尾を引き、高田を追われた。

忠輝の、六尺近い肉体と心は、いわば不完全燃焼のままなのだ。その燃焼の場を島原に求めんとしているのだ。

「余の敵は――」

「はっ、殿の敵は」

七郎太と飄太はまじろぎもせずに忠輝を見つめた。

「余の敵は、余じゃ」

「……？」

「なんのことか……。もっとわかりやすくお聞かせ下さりませ」

（そんなことをわかりやすく言えるか）

忠輝は不機嫌に横を向いた。

暫く沈黙がつづいた。その沈黙を七郎太が破った。

「殿はまさか島原で、自爆を考えておられるのでは――」

途端、忠輝は乾いた声をあげた。

「おお自爆とな。さすが七郎太じゃ。余は秀康殿のように謀殺されたり、忠長殿（家光の弟）のように切腹したりはせぬぞ。その自爆とやらが余にふさわしいやもしれぬ。ハハ……」

それを飄太が抑えた。

「したがそんな御仁がこられては島原は迷惑にござります。それに幕府もまた大迷惑。そして一番迷惑なのは諏訪殿にござりましょう。松平信綱殿が征かれたからは、戦さももう終盤にござります。殿の自爆はもう時間切れにござります」

飄太のことばは痛烈である。

「そうとも限るまい」

（そんなことを言われてはおとなしく引き退れぬではないか）

飄太のことばが火を点《つ》けてしまった。

（余は行くぞ、島原へ）

これまで〝戦国〟の戦士は、信長にしろ秀吉にしろ家康にしろ、いわば天下平定を掲げた己が政権奪取であり、獲得の戦さだった。

ところが今度の島原は違っている。南国の果てに上がった烽火は、権力奪取や獲得の戦さではない。

農民たちの信仰弾圧と、苛酷な徴税（年貢）に対する、つまりは圧政への抵抗である。

これこそが〝本当の戦さ〟というものだ。

私物化する権力肥大に対する庶民の怒りなのだ。

忠輝の心を動かすのは、そのことだ。

〝本当の戦さ〟に参じ、幕府権力に抵抗する農民の戦さに与《くみ》し、死力を尽くしたい。

それを自爆というならそうかもしれぬ。男一匹、松平忠輝生涯の戦さを、自爆という形で表現し、しめくくろう。

そう決意した忠輝は、こっそり一人駆けの旅の用意にかかった。

二日目の夜明け、忠輝は目を覚ました。出立の決意からくる覚醒だが、それより鼓の音と、謡の声を聞いたような気がして目覚めた。旅支度は既に出来ている。決意したからは一人である。三人は伴わないことにした。

毛皮を着け、頭も綿帽子ですっぽり包んだ。部屋を出ると廊下は凍てつく冷たさである。

勝手知った戸口から外へ出た。外は既に薄明である。樹氷の彼方に渺々《びょうびょう》と結氷した湖がひろがっている。

厩舎までの氷道を歩く。息が霧になって顔に張りつく。

と、頼水の館の方から、暁闇を衝いて寒気を震わす音が聞こえてくる。

それは鼓の音である。それに、更に耳を傾けると、謡の声も聞こえる。

(こんな厳寒の早朝に)

これまでも館の方で何度か「能」が上演され、忠輝も観能してきた。しかし、こんな早朝の謡曲はあったためしがない。

と、いみじくも忠輝の網膜に映し出されたのは、三九郎の舞姿であった。

厳朝の謡曲が、青白い湖上に三九郎の幻影を浮かび上がらせた。

恍惚の一ときである。忠輝が、魂を奪われたのは三九郎の舞だった。

しかしその幻影は一瞬だった。

（三九郎——）

忠輝は凝然と立ちつくしてしまった。

謡曲の音色に引かれて、脳裏の奥から誘い出された幻影だったのだろうか。

（三九郎をなぜ失った——）

忠輝の中に自問が湧き起こった。

長安事件に連座した自決であったが、それは、忠輝と福島藩を守るためだった。

その三九郎が、どうして今忽然と現われた——。

忠輝の脚が氷道に張りついた。

と、薄闇の中から足音がしてくる。

（誰か？）

忠輝ははっとして目を凝らした。

「殿」

七郎太である。忠輝の気配を察して尾《つ》けてきたようだ。

「こんな早朝からお一人で、どこにお出ましを……」

邪魔が入ってしまった。

「まさかこんな夜明け、お単騎《ひとり》で野駆けというわけではございますまい」

「……」

「殿が暴走されまするると、一番祟《たた》られるのは私どもではございませぬ。殿を大事に遇されている諏訪殿にお咎めが及ぶことをお忘れなく。伊勢朝熊とは訳が違います る」

「おお、三九郎のような台詞《せりふ》を吐くものじゃな」

「はっ⁉」

いきなり、三九郎の名が出てきて、七郎太は首を傾げた。

「いや、こっちのことじゃ」

忠輝は一寸怯んだ。

「それに殿、今頃になって島原へ走ったとて、遅うございます。城は落ち、四郎時貞殿ほか殉教者たちの屍の山にございましょう。

殿のお気持ちとお覚悟は、七郎太、憚りながら存じ上げております。しかし、もう殿の戦さは終わったのでございまするよ。無為な自爆などお考えになってはいけませぬ。したがどうしてもといわれるなら、この七郎太と三郎奴も同行させて下さりませ。殿お一人の抜け駆けは口惜しゅうございまする」

（わしの戦さは終わったか……）

それに自爆さえもするなと言う。

わしはこれまで何のために生きてきた。生きてきた意味がわからなくなってきた。

それにこれからの生の意味づけがわからない。

しかし、それを今七郎太にぶちまけて何とする。

「七郎太」

「はっ」

「早朝、頼水殿の館から謡曲が聞こえてこなかったかな」

「いや、そのような音《ね》は。こんな厳朝に、おやりになるはずはありませぬ」

ということは、やっぱりあれは自分の空耳、幻聴というものだったのか。

（すると三九郎の幻影は何か……？）

「殿は御神渡《おみわたり》の前兆でお目ざめになられ、その音を謡とお聞き違いになられたのでは」

御神渡とは、海抜七百六十メートルの高地にある諏訪湖が、前面結氷し、それが一月末から二月にかけて、早朝、大きな音とともに、二条か三条の亀裂をつくってひび割れる現象のことである。

古来、諏訪の人々はこれを、諏訪上社の建御名方命《たてみなかたのみこと》が、対岸の下社に鎮座する八坂刀売命《やさかとめのみこと》へお渡りになる〝通い路〟と言い伝えてきた春の前兆現象である。

（そうであろうか……？）

忠輝はまだ心が揺れている。

「それでおぬし、その御神渡の音を聞いたか」

「はい、夜明け、不思議な音で目が醒めました。何とも幻妙な音でござりましたなあ」

（それをわしは、謡と鼓の音に聞いたのであろうか……）

「ハハハハ……」

思わず忠輝は笑った。

「何か？」

「いや、余は熱い夢を見ておったようじゃ」

「熱い夢と？」

「そうじゃ、島原の夢をなあ」

「あっ、そうでござりましたか」

伸

「それを醒ましたのは、御神渡じゃったということか」

忠輝は照れながら目を放った。すると、薄明の青白い靄《もや》のうすれた湖の上に、さっきまで気がつかなかった氷の亀裂の山が、高々と盛り上がって彼方につづいている。

「おっ、まさに御神渡じゃ」

忠輝は陶然と青味を帯びた尖った氷の山を見つめた。

（わしはこの御神渡に、三九郎の幻影を見たのであろうか）

「不思議な自然の表れでござりまする」

わしにとっての神は、もしかしたら三九郎であったかもしれぬ。

自爆への独走が、不可思議にも御神渡に三九郎の幻影を重ね、制止をかけた。

こうして島原行きは不発に終わった。

しかし、これがきっかけとなったのか、忠輝の顔が穏やかになってきた。

春、七郎太たちは待ち構えていたように遠駆けを勧めた。

「どこへ行くのじゃ」

「私共に尾《つ》いてきて下され」

「それはよいが、行く先も聞かずに行くわけにはゆかぬ」

「そのおことばは殿らしくござりませぬ」

「そうかな」

「伊勢や飛騨の頃は、思いつき次第でござりましたよ。まあ殿も、少々年を召されましたかな」

そう言うと、

「何を言うか。余に年は関係ないぞ。今でも島原へ走ってもよいと思っているくらいじゃ」

七郎太は手を振った。

「その島原だけはご免こうむりまする。私奴の脚が尾《つ》いていけませぬ」

「ハハハ……」

忠輝は面白そうに笑った。

「ま、おぬしの言う所なら、どこへでも行くぞ」

ということで、早朝湖畔に四騎が並んだ。

新緑の諏訪は、鏡のように眩しい陽光を照り返している。

朝、諏訪を発し、塩尻峠を越えて松本に出た。特に目的のない騎乗である。

「どちらに行きまするか」

このまま真っ直ぐ北上すれば、姫川沿いに糸魚川である。

「右じゃな」

右とは犀川沿いに長野である。

「いい緑でござりまするのう」

七郎太のことばに、一行は肯きながら屹立する山を見上げる。

これといって用のない遊行の旅には、空の青、山々の緑、そして川音が目を和らげる。

松代が近づいてくると、

「懐かしゅうはござりませぬか」

七郎太から言われた。懐かしいどころではない。万感の思いである。大久保長安と出会った所であり、また、三九郎の遺体を抱いた所である。それにここは、長安からひそかに伊賀流の忍び技を幾つか覚えた所でもある。それが今は、遠い影絵を見るようだ。

長野の茶店で腰をおろし、馬にも水と糧を与えた。その間、茶を啜り、煮物を口にしながら、七郎太たちは釣りや、山菜の話題を楽しむ。忠輝はそれを黙って聞いているだけだ。

「それでは」

と再び騎乗の人となり、更に飯山までやってきた。陽はまだ高い。

「殿、ここまできたからは、一気に越後高田まで行こうではありませぬか」

七郎太の提案に、

「ああ、高田といえば殿がお築きになられた城ではございませぬか。お懐かしゅうございましょう。それに城には仙千代君、いや元服なされて光長様となられた若殿と、母君の勝姫様がおられます」

今にして彼らの目論見がわかった。忠輝を高田へ誘《いざな》おうとしていることが。

「高田へ行ってなんとする」

「もしやしたら、光長殿や奥方様にお会いできるやもしれませぬ」

「そんなことを本気で言うのか」

「いけませぬか」

「城を出た者が、現われ出てはいかんのじゃよ。未練がましいではないか。それに入っている人も迷惑じゃ」

「いや、その逆かもしれませぬよ」

七郎太が言った。

「おぬしらの考えることと、わしの考えは別じゃ」

「それなら町の中をお歩きになってみてはいかがです。高田の町造りにご努力なされたではありませぬか。ひょっとして行き違う町民たちは、殿のお姿を見て驚喜するかもしれませぬよ」

「ハハハ……驚喜どころか、幽鬼じゃとびっくりしよう。さ、これから後戻りじゃ」

「折角ここまできていますのに。高田までは一っ走りでござりましょう」

七郎太と三郎はまだこだわっている。

「そんなに行きたければおぬしらで行ってこい」

そう言うと忠輝はくるりと馬首を翻した。

（余は懐かしがったり、後戻りはせぬ。それに勝姫は忠直の妻ではないか……）

㈤

諏訪上川の下流沿いに、村じゅう総出で人が鎌や鋤、鍬を取って草地に挑んでいる。

中には若い女も混じって畚《もっこ》の一方を担いでいる。

田植えの終わった時期から秋の中ごろ、そして冬の初めまで、日を限って労役に出るのは、荒れ地や草地の開墾といった新田開発と、干拓工事である。

村人たちの元気が出るのは、実は労役の中に、意外な人物が混じっているからだ。

それまでとかく、変わり者、暴れ殿、配流の殿と、碌《ろく》なことを言われてこなかった松平忠輝の姿である。

一見すると、村人たちと全く同じような野良着を着て、三人ほどの供と一緒に、額に汗しながら働く。

体が大きく、それに力もあり、村人の三人がかりの重量は軽く片付けてくれる。

それに、鍬の捌きも早く、非常に効率がよい。

「殿、一服でござりまするよ」

と声をかけられると、村人と一緒に湯茶を呑み、草の上に仰向けになって休む。

その屈託のなさ、大らかさが次第に人々を寄せつけ、

「殿」

「殿」

と親しみの声をかけられる。


村人たちにとっては、おおよそ「殿」と呼ぶような人とは縁がなく、まして自分たちと同じ恰好で、同じ労働をしてくれるという驚きである。


「聞くところによると、殿というても、諏訪の殿より上じゃそうな」

「上とはどういうことじゃ？」

「なんでも将軍の叔父上に当たられるそうな」

「そんなお方がどうしてこんな所に？」

「そんなことはわからぬ。お上のなされようは、わしらにゃとんと……」

「なら訊いてみるか」

「いくらわしらと同じ仕事をしておられるからと言うても、そういうことを訊いてはならん」

等々、村人の話題をさらっている忠輝である。

しかし当の忠輝は、格別村のためとか、諏訪頼水のためにと思ってやりだしたことではない。つまりは退屈だからだ。

退屈凌ぎに、頼水の新田開発や、城下の整備工事に出るまでのことなのだ。

しかし、労役に出るようになってから、村人の気持ちがわかり、労働の辛さも実感できるようになった。

「余にはこれまで、庶民の心が本当のところわかっていなかった」

それを言うようになった。同じ位置に立って、一緒にやってみなければわからないものだ。

しかし、生まれてからこのかた、土一握りなぶったことのない男が実は大名たちなのだ。そして権力をもって百姓を支配している。

そうした考えを持つ忠輝は、次第に諏訪の人々から親しまれるようになっていった。

異相、異風、不埒、反逆、三度の配流等々、悪の烙印を押された忠輝は、ここ諏訪では親愛なる奇人と言われるようになった。

それから四十余年が過ぎた。

藩主頼水も逝き、今は二代忠恒を経て三代忠晴である。

それに、終生変わらぬ忠義と友情をもって近仕してくれた七郎太と三郎、更に飄太も既に鬼籍の人である。

（余は長く生き過ぎてしまった——）

幕府も、三代家光から四代家綱、そして今や五代綱吉である。人替わり、様変わりしてくると、忠輝の存在も有るか無きかになっている。あんなに怨み抵抗した家康の死も、六十八年前のことであり、秀忠没からも五十二年も経っている。

今では家康の顔も、秀忠の顔も遠くぼやけてしまった。では、大久保長安と三九郎がぼやけてしまったかというとそうではない。今でも実に鮮やかに覚えている。

そして懐かしいと思う気持ちは、七郎太たちと同じくらいだ。諏訪で、一緒に土を起こし、担いだあの頃の領民たちも今はいない。そうなると、高島城にいる忠輝の存在も、まことに希薄で浮世離れしてきた。誰も知らないのだ。

晴れた日に、白足袋・袴姿、白髪の老爺が、湖の畔にひっそりと姿を現わすということが諏訪の噂になった。

杖をついた足どりからみて、かなりの年を重ねているようだ。そして、全身から発する雰囲気は、神秘的だという。

人々はこの老爺が、城の館に住む老人だということは知っているが、誰かわかっていない。

ところがある日、一人の子どもが声をかけた。

「お爺ちゃんは誰？」

すると老爺は皺の深い目をしばたたきながら言った。

「浦島太郎じゃよ」

「浦島太郎って？」

子どもは首を傾げながら見上げた。

「昔話を知っておろう」

老爺は穏やかに言った。

「海の龍宮城からきたの？」

子どもはあどけない。

「そうじゃ、諏訪の湖《うみ》の龍宮城じゃ」

「ふーん、諏訪の湖の……」

子どもは不思議そうに老爺を見上げた。しかし、その目には疑いもなく、得心さえ見えているようだ。

浦島太郎こと、松平忠輝の死は天和三年（一六八三）七月、九十二歳の生涯であった。

〈完〉

あとがき

松平忠輝といえば、風貌魁偉《かいい》にして性、豪胆、将軍家康の六男に生まれながら、生涯に、三度も配流《はいる》を重ねたという異色の人物として知られている。

しかし、徳川初期には、長男信康が父から自害を強要されたり（信長との関係から）、次男秀康も、大坂に質子《ちし》として送られ、最終的には越前北ノ庄で不審死を遂げている。

ほかには秀忠の三男忠長もまた自刃を強いられるなど、徳川家門の息子たちが父や兄から消されている。

これは言ってみれば、政権創立から確立へかけての身内の戦い、いわば内部抗争である。

ところが忠輝だけは一味違っている。なぜなら彼は、兄や甥のように、政権を狙ったり大禄を欲したわけではない。

忠輝の反発・抵抗は家康の父性に向けられたものだった。出生時、容貌怪異を嫌われ捨てられた、いわゆる「捨て子」である。

家康の十一男中、捨てられたのは忠輝だけである。人の不幸の一番は、親の愛が信じられぬことであろう。まして捨てられたとあっては尋常ではない。

そんな忠輝を愛した人物がいる。謀臣大久保長安と家老花井三九郎である。

不可解な人物といわれる異能の男長安は、佐渡金山奉行として金鉱掘りの権限を一手に担っていた。

長安の野望は、密かに蓄財した金をもって、大坂とキリシタンが提携して同時蜂起をすること、そして頭領に忠輝を据えるというものだった。

しかし、それを事前に打ち壊したのは、家康の謀臣本多正信だった。

長安と三九郎を同時に失った忠輝の怨みは、家康と本多正信に向けられていく。

それが大坂夏ノ陣の不戦、怠戦である。

元和二年（一六一六）重篤《じゅうとく》の家康は、駿府の病床でひたすら忠輝を待った。

これまで川中島藩の内訌や長安事件、そして大坂ノ役の詫びにも出頭せず、また、越後福島藩転封加増や、高田新城築造の礼にも現われなかった。

その不逞、不孝に歯ぎしりが出るほどだったが、今はただただ忠輝の顔が見たいだけだ。

こうして七十五年、全てが終わってみると、謀略の限りを尽くして手に入れた富や権力が、空しいものに思えてくる。

あの秀吉の「なにわの事もゆめの又ゆめ」と詠《よ》んだ心情が、そのまま自分のものとしてわかってくる。臨終の秀吉の心を占めていたのは、幼い息子のことだけだったのだ。

家康は今になって、どうやら忠輝の反抗の真意に気付いた。

(彼《あれ》は捨て子じゃった。よって彼は生涯かけて、わしに抵抗しつづけた……)

詫びるべきは忠輝ではなく、家康の方であったと気付く悔恨である。

若くして父母を失い、他家に育った家康には、親子の情が希薄だったことを思い知る臨終であった。

ところで、家康の死をもって、忠輝の抵抗が終わったわけではない。忠輝の内なる戦いと苦渋は、それから始まった。

兄秀忠からの指弾である。家康の死を待っていたように高田藩を改易すると、直ちに忠輝を伊勢へ流した。

それも一度だけではない。飛驒高山・信州諏訪と、二度の配所替えである。

しかし、忠輝は兄の権力に屈することはなかった。

頑強な肉体と強靭な精神力は、捨て子意識からくる反発と、大久保長安から受けた影響であろう。

それに彼の青春を育てたものの一つに、キリシタンバテレン、ソテーロがいる。

言語、医学、施療、そうした西欧文化・文明に対する学習、修得があり、実現はしなかったが海外雄飛の夢をみようとした。

それが叶えられたら、あるいは忠輝のような男は、何らかの成果をあげたかもしれない。

しかし、それを許す状況でもなく、時代でもなかった。

終わりに諏訪時代だが、これが実に長く、寛永三年（一六二六）から天和三年（一六八三）、つまり五十八年間を過ごした所である。

五十八年といえば、当時の人の約一生である。忠輝の場合、三十五歳から始まり、九十二歳の終焉である。

三十五歳までの波乱の前半生に比して、諏訪の後半生はまことに穏やかなものであった。それが九十二歳という長命をもたらしたものであろうか。

惜しむべきは、並はずれた肉体と精神力がありながら、生涯を異端の公子として終わったことだ。

もう少し早く生まれてきたら——つまり戦国時代に生きていたら、彼の活躍する場は幾つもあったろうと言う人がいる。

たしかにその通りだが、人は時代を選んで生まれてくるわけではない。

忠輝の不幸は、徳川家康の子として生まれたことだ。

彼が生き様を見せてくれたのは、生涯を通して抵抗を貫いたことと、権力におもねなかったことである。

平成十四年九月

中島道子

【松平忠輝・略年譜】

年号	西暦	年齢	事項
文禄 元年	一五九二	一	徳川家康の六男として誕生。幼名・辰千代。
慶長 四年	一五九九	八	長沢松平家を継ぎ、武蔵深谷一万石。
七年	一六〇二	十一	下総佐倉四万石に転封加増。上総介忠輝と名乗る。
八年	一六〇三	十二	信州川中島十四万石に転封加増。
十一年	一六〇六	十五	伊達政宗の娘五郎八を迎えることとなる。
十五年	一六一〇	十九	越後福島城主となり、六十万石を支配。
十九年	一六一四	二十三	高田に築城し、移転。大坂冬の陣で江戸城留守居。
元和 元年	一六一五	二十四	大坂夏の陣で大和口総督となるも、遅参する。
二年	一六一六	二十五	家康没後に改易。伊勢朝熊に配流となる。
四年	一六一八	二十七	飛騨高山城主・金森重頼に預けられる。
寛永 三年	一六二六	三十五	信州諏訪城主・諏訪頼水に預けられる。
天和 三年	一六八三	九十二	忠輝、没す。

本書は、書き下ろし作品です。

著者紹介
中島道子（なかじま　みちこ）
福井県三国町に生まれる。実践女子大学国文科卒業。日本ペンクラブ会員。明智光秀顕彰会副会長（大津市）。武蔵歴史フォーラム会長（川越市）。
主な著書に、『怨念の絵師　岩佐又兵衛』『濃姫と凞子《ひろ》——信長の妻と光秀の妻』『天下の悪妻——越前藩主松平忠直夫人勝子』（以上、河出書房新社）、『それからのお市の方』（新人物往来社）、『秀吉と女人たち』（勁文社）、『徳川三代と女房たち』（立風書房）、『湖影——明智光秀とその妻凞子《ひろ》』（ＫＴＣ中央出版）、『前田利家と妻まつ』（ＰＨＰ文庫）などがある。

ＰＨＰ文庫　松平忠輝
幕府に反抗しつづけた「家康の息子」

2002年10月15日　第1版第1刷

著者　中島道子
発行者　江口克彦
発行所　ＰＨＰ研究所
東京本部　〒102-8331　千代田区三番町3番地10
文庫出版部　☎03-3239-6259
普及一部　☎03-3239-6233
京都本部　〒601-8411　京都市南区西九条北ノ内町11
PHP INTERFACE　http://www.php.co.jp/
制作協力
組版　ＰＨＰエディターズ・グループ
印刷所
製本所　大日本印刷株式会社

ISBN4-569-57821-7

PHP文庫

会田雄次　合理主義
相部和男　非行の火種は3歳に始まる
相部和男　問題児は問題の親がつくる
青木　功　勝つゴルフの法則
青木　功　ゴルフわが技術
荒川法勝　長宗我部元親
麻倉一矢　吉良上野介
赤根祥道　2時間で元気が出る本
赤根祥道　今日を生きる言葉
赤根祥道　不易の人生法則
秋庭道博　疲れた心をなごませる言葉
阿川弘之　論語知らずの論語読み
阿部　聡　「人間の体」99の謎
井原隆一　財務を制するものは企業を制す
飯田経夫　「脱アメリカ」のすすめ
板坂　元　人生後半のための知的生活入門
板坂　元　何を書くか、どう書くか
板坂　元　男の作法

板坂　元　紳士の作法
板坂　元　「人生」という時間の過ごし方
板坂　元　男のこだわり
池波正太郎　霧に消えた影
池波正太郎　信長と秀吉と家康
池波正太郎　さむらいの巣
入江雄吉　「経済学」の基本がわかる本
稲盛和夫　梅原　猛　哲学への回帰
井上洋治　キリスト教がよくわかる本
池ノ上直隆　会社をつくって成功する法
池田良孝　漢字の常識
稲葉　稔　大村益次郎
磯淵　猛　おいしい紅茶生活
石川能弘　山本勘助
石島洋一　決算書がおもしろいほどわかる本
石島洋一　これならわかる「会社の数字」
飯田史彦　生きがいの創造
飯田史彦　生きがいのマネジメント

梅原　猛　『歎異抄』入門
内海好江　気遣い　心遣い
内海好江　幸福づきあい　いい話
瓜生　中　やさしい般若心経
瓜生　中　仏像がよくわかる本
内田洋子　イタリアン・カップチーノをどうぞ
上村くにこ　フランス流　恋愛の作法
江坂　彰　サラリーマン、明日はこうなる
江坂　彰　2001年・サラリーマンはこう変わる
江坂　彰　「能力主義」で成功する50のポイント
遠藤周作　あなたの中の秘密のあなた
遠藤周作　狐狸庵閑談
遠藤周作　恋することと愛すること
江口克彦　心はいつもここにある
江口克彦　経営秘伝
松下幸之助 述　江口克彦 記　松翁論語
江口克彦　王道の経営
岡崎久彦　陸奥宗光（上巻）

PHP文庫

PHP文庫

田原 紘　飛んで曲がらない「二軸打法」
田原 紘　ゴルフ下手が治る本
田原 紘　負けて覚えるゴルフ
田原 紘　実践50歳からのパワーゴルフ
田原 紘　ゴルフ曲がってあたりまえ
高橋和島　福島正則
高橋勝成　ゴルフ最短上達法
田中誠一　ゴルフ上達の科学
立川志の輔 選・監修／PHP研究所 編　古典落語100席
立川志の輔 監修／古木優・高田裕史 編　千字寄席
高橋安昭　会社の数字に強くなる本
高野 澄　上杉鷹山の指導力
高野 澄　井伊直政
高野 澄　歴史人物 意外なウラ話
田島みるく 文/絵　お子様ってやつは
田島みるく 文/絵　「出産」ってやつは
髙嶌幸広　説明上手になる本
髙嶌幸広　説得上手になる本

髙嶌幸広　ほめ上手・叱り上手になる本
立石 優　忠臣蔵99の謎
立石 優　鈴木貫太郎
立石 優　范《はん》蠡《れい》
田中 実　決定版 差をつける英会話
竹内靖雄　イソップ寓話の経済倫理学
竹内靖雄　「日本人らしさ」とは何か
田川純三　中国の名言・故事100選
武田鏡村　名禅百話
吉田 豊　中国古典百言百話1 菜根譚
西野広祥　中国古典百言百話2 韓非子
丹羽隼兵　中国古典百言百話3 三国志
村山 孚　中国古典百言百話4 孫子
奥平 卓　中国古典百言百話5 唐詩選
守屋 洋　中国古典百言百話6 老子・荘子
久米旺生　中国古典百言百話7 論語
村山 孚　中国古典百言百話8 十八史略
奥平 卓　中国古典百言百話9 漢詩名句集

吉田 豊　中国古典百言百話10 戦国策
西野広祥　中国古典百言百話11 史記
丹羽隼兵　中国古典百言百話12 宋名臣言行録
千葉康則　ヒトはなぜ夢を見るのか
柘植久慶　北朝鮮軍 ついに南侵す！
出口保夫　イギリス怪奇探訪
出口保夫 文／出口雄大 イラスト　英国紅茶への招待
出口保夫　英国紅茶の話
出口保夫　ロンドンは早朝の紅茶で明ける
出口保夫／林 望　イギリスはかしこい
寺林 峻　服部半蔵
帝国データバンク 情報部 編　危ない会社の見分け方
童門冬二　「情」の管理・「知」の管理
童門冬二　勝海舟の人生訓
童門冬二　上杉鷹山の経営学
童門冬二　西郷隆盛の人生訓
童門冬二　戦国名将一日一言
童門冬二　上杉鷹山と細井平洲

PHP文庫

村山 孚 「論語」一日一言
村田兆治 監修 森 純大 著 プロ野球 勝負の名言
村松増美 だから英語は面白い
守屋 洋 中国古典一日一言
守屋 洋 新釈 菜根譚
百瀬明治 徳川秀忠
森本哲郎 ソクラテス最後の十三日
森本 繁 徳川三代99の謎
森本 繁 北条時宗と蒙古襲来99の謎
森本邦子 わが子が幼稚園に通うとき読む本
安岡正篤 活眼 活学
安井かずみ 女の生きごこち見つけましょ
安井かずみ 自分を愛するこだわりレッスン
安井かずみ 30歳で生まれ変わる本
安井かずみ スカーレット・オハラのように生きてみませんか
八尋舜右 竹中半兵衛
八尋舜右 森蘭丸
八尋舜右 立花宗茂

山﨑武也 一流の条件
山﨑武也 一流の人間学
山﨑武也 一流の作法
山﨑武也 男のマナー
山﨑房一 いじめない、いじめられない育て方
山﨑房一 強い子・伸びる子の育て方
山﨑房一 心が軽くなる本
山﨑房一 心がやすらぐ魔法のことば
山﨑房一 子どもを伸ばす魔法のことば
山田正二監修 間違いだらけの健康常識
山田久志 プロ野球 勝負強さの育て方
八幡和郎 47都道府県うんちく事典
スーザン・ヘイワード 編 山川紘矢・亜希子 訳 聖なる知恵の言葉
唯川 恵 明日に一歩踏み出すために
吉村作治 古代遺跡を楽しむ本
読売新聞校閲部 漢字使い分け辞典
吉沢久子 暮らし上手は生きかた上手
横田敏勝監修 脳の不思議を楽しむ本

吉田俊雄 連合艦隊の栄光と悲劇
竜崎 攻 真田昌幸
渡辺和子 愛をこめて生きる
渡辺和子 愛することは許されること
渡部昇一 日本人の本能
渡部昇一 現代講談 松下幸之助
鷲田小彌太 大学教授になる方法
鷲田小彌太 自分で考える技術
鷲田小彌太 「自分の考え」整理法
ブライアン・L・ワイス 編 山川紘矢・亜希子 訳 前世療法
ブライアン・L・ワイス 編 山川紘矢・亜希子 訳 前世療法 2
ブライアン・L・ワイス 編 山川紘矢・亜希子 訳 魂の伴侶—ソウルメイト
藁谷久三 漢字通になる本